異世界魔法實在
落後!
6
樋辻臥命
Gamei Hitsuji
Illustration himesuz
U0028949

序章　那段回憶

「——您說、龍種（Dragon）嗎？」

某天晚上，現代魔術師（Superior・Wizard）八鍵水明，從父親八鍵風光口中，聽見了那著名幻想生物的名字。

——在奇幻小說充斥的現代，龍種以爬蟲類的身體與翅膀，和會從嘴裡吐出毒素或火焰的怪物印象廣為人知。

雖然龍在東洋被認定為良善象徵，但在西方卻是惡魔——被視為惡靈化身，擔任會遭神明或天使消滅的『邪惡』角色。

龍給人們的絕大部分印象來自爬蟲類般的蛇身。普世的聖經將蛇隱喻為惡，同時也是唆使亞當與夏娃的犯罪象徵。

此外，還有過去以聖經為準則的宗教，與信仰蛇的古埃及或原住民宗教對立這個原因，所以西方大半盛行蛇＝惡魔的觀念。

因此，從古代開始，龍就被描繪成與人類為敵的惡之化身。

……水明會如此反問，是因為倏地聽見父親「你知道龍種嗎？」的詢問。當然，水明的知識層面尚不及父親，只是維持著坐在沙發上的姿勢搖頭。

「雖然龍種在史籍和文獻裡有留下痕跡，但其存在並不受到承認。而且，即便是對我們魔術師，也被隱匿著。」

「被隱匿著……？」

「意思就是……」

彷彿要對因為自己的迂迴說法而皺眉的水明伸出援手，坐在安樂椅上的風光用手指敲了敲扶手。

「龍種確實存在的意思嗎？」

「雖然已經過去了。」

父親眺望著陽臺外的陰暗天空如此說道。就在水明等著他繼續話題時，風光的視線突然如箭般射向水明。

「水明，去泡咖啡。」

「在話說到一半的時候？」

「我現在想喝。讓兒子泡咖啡可是家長特權。」

「這算什麼特權啊……即溶咖啡可以嗎？」

「無所謂。但是……」

「黑咖啡對吧。我知道啦。」

「你要不要喝？」

「有加牛奶和糖的話。」

「你趕緊長大到能喝黑咖啡吧。」

「總有一天會的。」

水明朝表情毫無改變的父親回以微笑。雖然父親總是像石膏像般面無表情，但絕非沒有情感，只是習慣喜怒不形於色罷了，偶爾也會像現在這樣親切地和自己開玩笑。

唯有與他親近之人才會了解這點。

「然後呢，龍怎麼了？就算在魔術界也是被隱匿的存在對吧？」

「沒錯。知道這件事的人屈指可數，可是無法繼續這樣了。」

喝了口水明所泡的咖啡，風光再度說道。

「報光者（阿卡西賽亞）推導出歐洲有龍現身。這將會是史上前所未有、最大規模的神祕災害。」

報光者是千夜會的事象預測器。可以從再平常不過的瑣碎小事象預測到大事象結局——坦白說也能稱為可以預知未來的物品吧。雖然本質上還是有點不同，反正就是類似的東西。

「史上最大規模……」

「要形容的話很曖昧。但也因此，其他魔術師得知此事只是時間上的問題。這樣一來，隱匿性什麼的就完全無所謂了。當然，我剛才提到的真正龍種已經不復存在。倖存的龍種早在三十年前**滅亡**，這世界再也不會有龍誕生了。」

「那麼，為什麼預測會出現龍呢？」

「答案就是，終末事象（Twilight Syndrome）。似乎是西班牙突發因果不安定的場所，還是可能成為甲種型發生源的規模。推測從那裡誕生的怪物型態，恐怕會以龍的外貌與性質顯現吧。」

「怪物……」

怪物，也被稱為終末的怪物們，是終末事象的一種。雖然尚未能詳細解析，但這是為了加速世界確立的最後階段「終焉」，而為了毀滅世界所有生物，化為『襲擊生物的怪物』這種形式的概念般的存在。

其大多——被稱為丙種型，也就是介於狼與狗之間的模樣。但被稱為甲種型的存在偶爾會改變外型，化為人類天生恐懼的姿態。

所以才會與歐洲人心底根植的惡之象徵龍重疊了吧。

「一旦那種東西出現在世界上的話……」

「會帶給歐洲極大災害……不，恐怕不僅如此吧。」

如果是史上最大規模，還具有龍的外型與特性，若沒有英雄或聖人等級的超人絕對無法打倒吧。但是，現在世界上並不存在黃金傳說（Legenda aurea）中記載的聖喬治或聖思維等等偉人。

要是應對失敗，世界可能會毀滅。

「那麼，爸也是？」

「是啊，你說得沒錯。**我也**被召集了。這次負責討伐龍的魔術師大概二十人，打算使用少數精銳策略。」

「由哪方主導？」

「千夜會。好像只有這次無法全權委外。統帥是卡托萊伊亞家的長女、千夜會執行總代理芙梅爾克爾絲。統帥輔佐是她的妹妹，賽安爾琪絲。」

「總指揮是歷代執行官裡最強的兩位嗎……」

「名義上來說吧。現場實際指揮應該會由其他人負責。」

——不過和龍戰鬥時的主力就是她們吧。風光靜靜地說。

他提到的卡托萊伊亞姐妹，是千夜會執行局現在的力量象徵。兩人都能使用操作時間的魔術，以無與倫比的強大戰鬥力為傲。但她們的年紀都只有二十出頭，即便領隊，現場也會讓給經驗豐富的魔術師指揮吧。

對還只有哲學者（Philosophy）級的水明而言，完全是不同次元的事情。

「龍和執行局的領導者……聽起來好厲害。雖然我常去歐洲，但感覺遙不可及。」

「不，這次你無法置身事外。」

水明無法消化父親話裡的意思。

「啊？無法置身事外的意思是……」

「報光者在此次預知之際推導出許多可能性。龍種的發生、歐洲的毀滅、覺醒、生靈塗炭、末世化的加速。既然這些都是可能性，當然就能予以改變。」

父親在繞完圈子後，說出口的重點是。

「然後，事象預測器引導我們最後求得的答案是，水明，必須帶你去。」

說完之後，父親銳利的眼神看了過來。接著，水明的驚愕叫聲響起。

「您、您說我嗎!?」

「沒錯。雖然理由還不清楚，但你的力量大概會成為這次戰鬥的關鍵吧。」

八鍵風光表情毫無波瀾地丟下重磅宣言，但可以從父親的語氣裡稍微窺見類似於自豪般的感情。

是因為這種重要局面需要兒子的力量而感到開心吧，但對當事人水明來說這就跟晴天霹靂沒兩樣。

「可是爸，我不覺得自己到時能派上用場。我可是低階的低位魔術師喔？」

「魔術師的階級不過是保留本來應該給予的頭銜罷了。我對你的教導足以博得那份實力，而你也有相應的自信沒錯吧？」

「我能以魔術師的身分戰鬥。至今為止多次跟著爸前往戰場，也學過遇到神祕災害時的應對方法。但是，如果要問能不能與那麼高位的魔術師們一起戰鬥，還是會感到不安……」

水明說到最後聲音越來越小。他會用這種深感壓力般的說法，從某個意義來說其來有自。

先不論低位魔術師與高位魔術師在敵對或合作時該當如何，一旦雙方同時使用魔術，大多都會發生所謂『位格差消滅（Disparityout）』的魔術法則問題。因為低位神祕會被高位神祕抵銷，所以只要低位魔術師使用的魔術，接近高位魔術師使用的魔術支配領域（Rulearea）時，就會自動消滅。

本來的話，只要程度沒差太多就不會發生抵銷，法則要成立也有條件限制所以不需要怎麼在意，但由於這次召集的魔術師們都是高手，所以這個問題就會浮上水面。

遇到那種場合，低位魔術師在編織魔術時，必須考慮高位魔術師會發生的位格差消滅（Disparityout）才行，這樣會平添麻煩。畢竟是討伐龍這種重要局面，在高位魔術師熟練運用技術的戰場上，低位魔術師根本沒有從容活用魔術的時間。雖然如果是要使用輔助、賦予等等魔術就另當別論，因為這方面不用在意位格差消滅，但水明覺得自己使用的輔助或賦予魔術，對高位魔術師們來說不值一提。

既然如此，自己根本派不上用場。

聞言，風光歛眸。

「你現在會被不安左右，也可以說是我的教育方式不對。關於這點，鏡四朗也會有所抱怨吧。」

「……什麼意思？」

「老實說，一直以來我對你過於嚴厲了。如果不是什麼特殊狀況，我從來沒誇過你對吧？」

「咦……呃算是吧，確實是這樣沒錯……」

風光教授水明魔術時，即使水明做得很好風光也不太會稱讚他。這的確是事實。但因水明了解父親不太愛說話的脾氣，所以一直都不以為意。

這有哪裡不對嗎？水明對父親的委婉說法不得要領。

「……水明，你能使用大魔術吧。」

「咦……？對，當然可以。『既然以現代魔術師（Superior Wizard）的名義自居，怎麼能連個大魔術都施展不出來？』這句話還是爸說的。不過考慮到詠唱速度，要應用在實戰上可能有些勉強吧……」

為了應付父親給予的課題，水明在不久前編出了幾個戰鬥用魔術。雖然因為跟隨父親前往激烈戰鬥的機會增加而選擇那些魔術，但若說要運用在實戰方面，自己的力量尚且不足。

「西班牙的戰鬥中，能夠單獨、不需大型儀式就發動大魔術的實力派高手，包含我和你在內頂多五人吧。」

「那麼這次戰鬥，除了兩位執行官外沒有其他實力相當的魔術師會來嗎？即便誕生了將會造成歐洲巨大危害的怪物也一樣？」

「不，不是那個意思……唔，事情會到這一步也是我設想不周。」

對水明而言，父親閉起眼睛沉浸在思緒中的模樣，以及其出口的話語非常奇怪。

……………但反過來說，對風光而言，話都說到這個份上了水明還沒領悟，也是因為自己教導無方所致。

水明現在的實力，從其他高位魔術師的角度來看完全足以和龍對戰。但風光本人不願水明成為驕傲的魔術師，因此以魔術老師的身分向他出了各種難題。與此同時，風光也沒有正確知會水明周遭、包括他自己在內的魔術師們，他的力量非比尋常。考慮到水明不能過著成天泡在魔術裡的生活，以及和與魔術無關的普通人之間的相處——可以說因為風光讓水明過著異於一般魔術師的生活，才造成水明如今的**錯誤認知**。

水明是無論在哪都不會讓自己蒙羞的兒子，甚至還具有其他魔術組織會欣然接納的實力和才能。但是，在風光那樣的養育之下，就誕生了『沒有正確了解自己實力的膽小魔術師』這樣的缺點。

魔術師最大的敵人『驕傲』可以說根除了吧。不過，代價是實際面對敵人時，那份慎重會造成怎樣的損失，這才是水明今後的課題。

但是，現在──

「跟我去的話就會知道理由了吧。當然，不可掉以輕心。對你來說，恐怕今後也不會有比這次更加艱困的戰鬥了吧。」

「…………好。」

水明同意風光的話，並將喝空的杯子拿到洗碗槽。

凝視水龍頭流出的水，突然感覺到後頸傳來的異樣。

「龍、嗎……」

頸部彷彿因為什麼不祥預感而焦躁般，逐漸傳來不可思議的灼熱感。父親說過，那是母親擁有的力量。現在的水明不懂那是什麼樣的暗示。

……沒錯。因此，魔術師八鍵水明的戰鬥，可以說從這一天才開始。

第一章　月下龍人

阻擋一切入侵者的寧靜黑鋼木森林，現在隨著火焰氣流爭相上衝的轟然巨響，陷入彷彿會烙印於眼底的灼熱之中。

水明和初美打倒魔將維舒達之後，森林在這名突如其來現身、自稱因祿的龍人發出的龍之咆哮——龍哮（Dragonroar）攻擊下遭到焚毀，現場僅剩灰燼和餘火，以及各種完全看不出原貌的殘骸。若是仰望天空，威脅夜幕的焰光正在黑暗下奔騰。

除了水明和初美以外的一切都在龍哮威力下消失，水明尋找的英傑召喚遺跡同樣無可倖免。

位在兩人視線內的因祿正站在火焰之上。他的外型是非常適合「文弱青年」這樣形容的瘦長纖細，與披散在背後的光滑綠色長髮相襯，幾乎會讓人覺得是與戰鬥無緣的文人。但對方其實擁有單手打飛數隻魔族的力量，雙腳一如盤據於地的粗根巨樹般支撐著身體。

和外貌不符的是，他身上環繞著武威。從科學角度無法闡明的重壓席捲在他周圍。

另一方面，擺出正面迎戰姿勢的初美，不管飛舞的火星落到了金髮上，絲毫不敢鬆懈警戒帶來的緊張感，翠色雙瞳緊緊地、銳利地盯著因祿反問。

「要我、跟你一起走……？」

「沒錯。雖然理由還不能揭露，但我們需要妳的力量。」

「我認為像我這種小女孩的力量沒什麼了不起的。」

「妳本身的力量確實如此。不過，妳那副身體裡，除了原本的力量外還寄宿著其他力量，沒錯吧？」

這段話是在暗示初美擁有的勇者之力嗎？如果說他們需要的是勇者之力……

「但這似乎不是你打倒魔族的理由。」

「當然。魔族只是其次，一旦事情順利，那些傢伙的命運不過都是半途消散罷了。」

因祿目中無人的語氣中，透露出其目的似乎與這個世界召喚勇者的理由不同，但是——

「坦白說，太可疑了。首先，和你走是什麼意思？無關我的意願？」

「因為我們需要。」

「一般而言，應該先從建立信賴關係開始，你不這麼認為嗎？」

「我原本就沒打算說些諸如『相信我』、『跟我走吧』這等戲言。畢竟，我也沒打算對妳彬彬有禮。妳怎麼想都無所謂。」

「什麼意思？你想對我怎麼樣？」

「我說過理由不能揭露……但，沒別的意思，單純是我們要**使用**妳罷了。」

「把人當成物品一樣……」

聽見因祿的說詞，初美表情扭曲顯得很不愉快。幾乎沒有人會在聽見自己被說使用不使用這種話卻不發火吧？

另一方面，將初美擋在斜後方的水明，抬起紅色眼眸插嘴。

「普遍來說，這種所謂的內幕應該不會直言而是敷衍過去不是嗎？要帶人走的話，總得說些好聽話邀請才對吧？」

「確實如此。但是，實際上我們就是要使用勇者。沒打算騙她。」

「唔……？」

明明說著理由不能揭露這種可疑的話，態度卻顯得堂堂正正。水明對因祿這種有些前後矛盾的對應皺起眉頭。

「在這之前，先問一下。」

因祿這麼說著，以勇者不過是次要般的態度轉向水明。

「黑衣的男人啊，想詢問你的名字。」

「我的名字？」

「沒錯。就是精采防禦吾之咆哮的你的名字。務必告知。」

因祿這麼說著，如黃玉般閃亮的雙瞳直直看了過來。

「這是必須先問的事情嗎？」

「當然的吧。問名是對強者的禮儀。或者你打算回答區區賤名不足掛齒這類的無聊答案？」

暗示著「別讓我那麼失望」的他，周身果然包覆著深不可測的武威。但水明認為，先禮後兵也符合魔術師的禮儀。

因為沒有拒絕的理由，所以水明依禮回答。

「我是結社所屬魔術師、八鍵水明……配合你們姓氏在後的話，我說水明・八鍵是不是比較好？」

聽見他詢問的聲音，因祿不知為何眉頭一跳。

「你說你叫水明・八鍵？」

「對啊？」

自己的名字有什麼問題嗎？正當水明由於因祿的反應而感到奇怪時，對方忽然解除身體高漲的力量。

「是嗎？那麼就是你收拾了羅密歐。」

「啊？」

「不，我只是覺得必須向你賠罪致謝。既然如此，就不適合擺出戰鬥姿態。」

話說到一半，因祿身上纏繞的武威就消失了。但水明最先注意到的是——

「什麼意思？如果我沒聽錯，你剛才說羅密歐？」

「沒錯。精靈羅密歐，在帝立大圖書館擔任司書的男人，就是你現在想的那個羅密歐。」

因祿肯定水明提出的困惑詢問。另一方面，初美因為聽不懂兩人的交談內容無法插嘴；但水明同樣搞不懂對方的意思。

「你說因為那傢伙而向我賠罪致謝？」

「聽說羅密歐在帝國引發的事件最後由你收拾善後，我必須代表己方的無德與不知分寸向你致謝。」

接著，因祿做出類似簡單頷首般的舉動說「不勝感激」，並輕輕鞠躬。

「……也就是，那傢伙是你的同伴？」

「沒錯。他是朝相同理想邁進的同志之一。不對，應該說曾經是。」

對他的同伴意識已經成為過去式了嗎？雖然聽見羅密歐的名字，水明也覺得對方越來越可疑，但他同樣知道羅密歐被黑暗吞噬前有著真心誠意的願望。

不過——

「雖然不清楚始末，但與其事後道歉還不如最初就控制好局面。無論如何一切都無法挽回了喔，那傢伙也一樣。」

「關於這點我無法反駁。那傢伙的意志——不對，沒看出那傢伙已經被黑暗俘虜，全是我方的過失。」

「從你的話裡聽起來，那場騷動並非本意？」

「大概是那樣。當然我指的不是不在帝國引發騷動，而是不打算加害那名少女。」

也就是說，帝國的騷動對他，不對，從話裡可以判斷是對『他們』有利嗎？如果要說除了莉莉安娜和羅格外，那起事件的受害者們——

「說得太多了呢。」

「我倒是希望你多說一點。」

「恕我拒絕。你的理解力似乎很好，即便焦躁依舊機敏。」

眼神銳利如刀的因祿如此說。自己曖昧的態度果然被這個男人看穿了。

接著，他目光突然浮現悲傷，遺憾似地嘆氣。

「我方原本就有處分羅密歐的打算。但是，在我們動手前你就打倒那傢伙了。因此無法挽回。」

話語最後充滿事到如今就算說這些也只不過是藉口……這般的嘆息。對方彷彿不捨般的聲音裡，寄宿著對己方疏忽感到羞愧的自嘲。

但是，水明更加在意其他方面。

「羅密歐那件事我了解了。但是，**為什麼你會知道**那傢伙是我打倒的？圖書館裡可沒有監視我們的人喔？」

「關於這點，只能告訴你這是我方的情報能力。」

目中無人的話語。但對方肯定有能夠那麼說的情報網吧，得知水明的存在就是最好的證據。

問完想知道的問題後，水明微微聳肩並開口。

「我說啊，既然感謝我的話，能不能就此讓步？」

「我拒絕。雖然我的目的是帶走勇者，但比起任務我對你更感興趣。對你那股能夠制伏墮落於黑暗的羅密歐的力量非常感興趣。」

「……！饒了我吧。」

因祿果然露出肉食性野獸發現獵物時的猙獰視線與笑容。他是與葛萊茲艾拉相同，甚至比她還強，並且更加樂於戰鬥的類型吧。龍種，還是戰鬥狂（Battlejankie）。是水明不想交手程度僅次於瘋子的人種。

看見水明的愁眉苦臉，因祿突然奇怪似地瞇起眼。

「我不懂你為何如此畏懼？既然身懷這種力量，便無需膽怯吧？真不可思議。」

「多管閒事。我當然有自己的理由。」

「原來如此……也罷，差不多該開始了，你們要怎麼做？二對一也無所謂哦。」

「以戰鬥為前提嗎？」

「根據剛才的對答，我了解勇者小姑娘不會就這麼乖乖跟我走。既然如此，就會演變成訴諸武力帶走她的局面了吧？」

「……」

「不用露出那種可怕的表情。不願意事情那樣發展的話，只要打贏我即可。就這麼簡單。」

簡明扼要地告訴眉頭緊鎖、瞪著自己的水明後，因祿再度目中無人地以武威環繞周身。

❖ ❖ ❖

——自己是談話中心，但實際上，對方撇開這件事自顧自的說了下去。

在這種毫無道理的狀況下，朽葉初美感到憤怒，以及更多的焦躁，刀鋒直指就在眼前的新敵人。

那個敵人，是自稱因祿的龍人青年。要求自己跟他走，但不說明理由，現在則要逼戰。

另一方面，與對方釋放武威正面相抗的八鍵，就和因祿現身那時一樣，額頭流著冷汗，臉上表情明白寫著遇上了最不想遇見的對手。雖然表面並沒有呈現出害怕的樣子，但看得出他的心正被與魔族將軍維舒達對戰時從未出現的恐懼支配。現在的八鍵摩擦著食指與中指，一副無法冷靜的模樣，視線片刻不離因祿。

初美對那樣的他開口。

「八鍵，由我在前。」

既然迴避不了戰鬥，那戰術就和剛才一樣。他在後衛負責支援，由自己擔任前鋒。這是劍士與魔法師搭配時的普遍戰術。

但八鍵頭也不回地厲聲說道。

「不行，妳退下。只有這次不行。」

「你在說什麼？兩個人一起上不是更好嗎？你也覺得他很棘手才會露出那種表情吧？」

「…………」

「喂！」

「……是啊，沒錯。他很棘手，簡直就像最糟的心靈創傷復甦了一樣。」

焦急詢問後，初美從對方發抖的聲音中聽出來了。八鍵摩擦手指的舉動不是因為無法冷靜，而是因為害怕在顫抖。

「……有那麼恐怖嗎？」

「很恐怖啊，因為那時候的對手也是龍種。」

「你爸爸就是因為那件事？」

「沒錯。因為當時獲勝就以為已經度過難關，實在太天真了。現在想到說不定會再度失去什麼，就不由自主發抖。」

因為害怕而滲出的冷汗，不單單是與強者面對面所致，同時有著可能得再度迎接失敗後，輸家必須付出代價的無名恐懼。

既然害怕吞下敗仗，不就更要兩人一起面對嗎？初美無聲地以眼神如此訴說。

「不，沒關係。這裡交給我吧。這傢伙和剛才的魔族不一樣，是其他次元的生物。如果是有記憶的妳就算了，但如果是不僅朽葉之技或陀羅尼，甚至連至今為止的經驗都無法想起的妳，要和這傢伙戰鬥實在太勉強。」

「但是──」

「我只有和剛才的魔族們戰鬥，但妳已經是連續戰鬥了對吧。大概從前往要塞救援開始就一直戰鬥到現在。即便妳覺得自己沒問題，但精神已經無法集中了。」

「才沒有那回──」

八鍵打斷了自己想否定的聲音。

「那是我的臺詞。妳現在不就把視線從那傢伙身上移開了嗎？」

聽見對方這麼說才突然驚覺。確實如八鍵所說，自己只注意和他說話。若是因祿剛剛有所動作，要反應已經太遲，早就受到攻擊了吧。

無法正確警戒就是精神無法集中的證據，初美因為自己的糊塗吞了口口水。

另一方面，八鍵不再多說而是往前走。如同從打不過的敵人手下庇護自己般，眼前的他，背影非常寬闊。

「八鍵……」

雖然開口呼喚，但沒有繼續說話。因為發出呼喚的嘴巴無意識閉上了。奪去自己話語的，果然是他的背影。在戰鬥中掩護自己般站在前方的寬闊背影，與過去的夢境重疊。夢中看過的背影明明更為單薄嬌小，但總覺得眼前背影比實際模樣更加高大。

該不會，是自己的眼睛擅自映出他可靠的背影了吧。

「啊──」

對，那個時候，那個夢。和自己睡著時想起的過去一樣，別無二致。為了從逼近眼前的威脅中保護自己而背對的那個模樣。自己一直感到憧憬的少年側臉。笑著要自己不用擔心的溫柔表情。和流浪狗對峙時，小小個子散發出的崇高勇氣。

因此縈繞於心的那個想法。

——因為討厭總是被保護，所以自己才變強了不是嗎？

「嗚、咕……」

腦內突然襲來的疼痛讓初美不禁跪倒。腦中瞬間雷鳴響徹，接著聽見自己膝蓋著地的聲音。是因為記憶突然回歸而加重腦袋的負擔了嗎？但是，來不及對電擊般的疼痛產生疑問，那份痛楚就消失了。

八鍵的聲音立刻追問。

「初美？怎麼了？沒事吧？」

「沒、沒有。什麼事都沒有。」

「那麼妳退後吧……拜託了。」

他平靜請求的聲音確實很沉重。那並非是說服力的重量，而是由衷懇求般的情緒。感受到這點同時，不肯作罷的意志就消失了。

初美安靜點頭並離開，後退時也看見他倏地露出稍微放心的表情。

退到一定距離後，八鍵向因祿說出帶有挑釁意思的話語。

「居然這麼禮貌得等我啊？」

「難得的戰鬥，要是出其不意就沒意思了吧？若要享受戰鬥，就得堂堂正正開始才對。」

「我不懂那種世界。而且你明明有任務在身，卻這樣怠忽職守。」

「無論是怎樣的戰鬥，戰士都必須遵守自己的作風不是嗎？即便要賭上什麼代價也是一樣。你有所不同嗎？」

聽見因祿說出自己的驕傲，八鍵果然挑釁回答。

「魔術師（我們）的戰鬥是攻其不備。競賽的話還好，但相互廝殺才不會搞什麼堂堂正正。」

「攻其不備的作風嗎？確實符合無法正面戰鬥的魔法師形象。但你這樣事先聲明好嗎？」

「那是你要考慮的問題。盡量懷疑一切吧。」

就在八鍵帶著危機感的表情轉為齜牙咧嘴時，附近開始不自然晃動。

那是現場物理法則安定度下降到最低的證據嗎？他周圍劈啪閃爍著亂竄的藍色閃電。塵埃與煤炭因為電磁場變化而浮起，並成為雷電的媒介消失。這是將要發生什麼的前兆嗎？就在初美用手撐在地面，忍耐著彷彿會將身體擠扁的激烈震動時，八鍵水明站在那樣不可思議的現象中心，平靜開口。

「——魔力爐、負荷起動（Archiatius overload）。」

擁有不可思議音節的咒文（言語）在驚天動地的轟然巨響中依舊清晰可聞。接著，八鍵身上爆發般的魔力以及其產生的乙太風，在轟炸後誕生了強烈衝擊波並吹飛一切。

初美將刀鋒插進地面支撐自己時，從微微瞇起的視線中看到八鍵飛上天空。使用了飛行魔法嗎？他在半空似乎也能自由控制身體，重複改變軌道後停在了視線所及範圍內。

另一方面，因祿看著對手發出佩服的聲音。龍人表情裡會帶有笑意，是因為覺得八鍵使用了有趣的招式吧。即便八鍵取得制空權，對手依舊從容。

放在平常應該是相當不利的狀況，但因為八鍵說過因祿是其他次元的對手，所以才不適用於一般常識吧。

「不錯的魔力。與『食人魔』戰鬥以來，我首次如此心潮澎湃。」

因祿浮現淺笑這麼說之後，雙方互相示意般異口同聲。

「我上了。」

「一決勝負——」

因祿和八鍵的聲音重疊同時，戰鬥拉開序幕。

——然而，最初看見的是，八鍵過於意外的行動。

自己在這個世界看過的魔法師戰鬥方式，經常是和敵方保持安全距離、從遠距離施放魔法，這樣既安全且容易戰鬥。

戰鬥方式在古代由投石開始，然後是弓箭和長槍、鐵砲、大砲、飛彈，和能夠攻擊到越來越遠地區而不斷變遷的原本世界的戰鬥方式同理。這點在哪都大同小異。

但是，八鍵現在的戰鬥方式並非如此。即便飛上天空，他卻沒有藉著地利優勢從對方觸手不及的（遠處）上空連續釋放魔法，而是維持著魔法在因祿周圍繞來繞去。他主動捨棄優勢。明明戰鬥經驗比自己豐富，也因此更無法領會他的意圖。

當自己以為那個男人會就這樣咻咻地在天空中飛來飛去時，對方卻重複著偶爾著地、蹲下使勁後再度飛向天空的動作。轉換方向時柔軟翻身、也沒露出什麼破綻，彷彿以某種方式在迷惑對手一般。

另一方面，迎擊的因祿可以說做好了準備。對他而言，攻擊可能來自整個天空，也可能從所有方向同時到來。

但是，即便八鍵飛到死角，因祿也能馬上應對並迴避。而八鍵為了牽制發出的低等魔術似乎沒什麼效果，即便正面受擊，因祿依舊一副游刃有餘的模樣。

然後，輪到他攻擊了。配合因為魔術射程短而靠近的八鍵，因祿瞄準其著地瞬間飛撲過去，彷彿猛禽類襲向獵物般快速且敏捷，猶如上了顏色的迅雷。綠色迅雷上竄並落下，來到八鍵面前立刻恢復人形加以攻擊，其模樣猶如雷神。

雙方多次交錯後，迅雷捉住了八鍵。

「嘖——」

隨著咂舌聲，八鍵啪擦彈指。追過來的迅雷前方空氣炸開，但迅雷彷彿絲毫不覺得遇到抵抗或障礙般穿過，並捉住他。

因祿過快的猛攻讓他沒有時間紡織言語嗎？八鍵來不及使用魔術防禦，而龍人掌底已然逼近。

其威力果然可觀。那個八鍵如同被擋板彈開的彈珠一般，飛往尚未被龍哮波(Dragonroar)及的森林方向。

……見況，初美不自覺屏息，能夠清楚聽見吞嚥的聲音。如果沒有順利著地的話，這是足以致命的結果。

但因祿的攻擊似乎不只如此。在八鍵撞倒樹木摔落地面的同時，不知為何，那一處的黑鋼木樹幹、樹根，甚至土壤都被擠壓得亂七八糟。

「騙人……」

眼前發生的景象簡直令人無法置信。那個可靠的男人居然這麼輕易就被打倒了。雖然頑固抵抗絕望、拚命盯著對方被打飛的方向，但飛揚塵煙消散後，那裡依舊只有壓壞的痕跡——

「八鍵！」

「……不用發出那種聲音，我還活著。」

「咦——？」

就在自己以為對方被捲入其中而發出類似悲鳴的喊叫時，從其他地方傳來了回應。沿著聲音望去，看見了壓著側腹、以微微前傾姿勢站著的八鍵。

用魔術在進行治療嗎？雖然流著冷汗，但壓著側腹的手邊正散發著淡綠色光芒。

「——剛剛還以為抓到了呢。」

「果然會用視殺（Dracomi）嗎……」

「那是我的臺詞。你居然知道，還能躲開我的視線行動。但為了療傷就停下腳步很糊塗哦？」

因祿評論著八鍵的失敗，並給出目中無人的忠告。但是，八鍵似乎不認為自己露出了破綻。

「是那樣嗎？」

「——嗯？」

看見八鍵揚起嘴角帶出的冷笑，因祿不知為何發出詫異輕哼。

接著，因祿整個人有些搖晃，如同想要甩開什麼般搖了搖頭。

發生什麼事了嗎？他剛才就像站不穩或產生了暈眩一般。

此時，初美突然察覺。

「眼睛的圖畫？」

八鍵身邊的地面上，簡單畫了個和剛才打倒維舒達時不同的眼睛圖案。仔細看的話，附近的地面也有好幾個相同圖案。

「這是除去邪視（邪眼）的畫。視殺（你的招式）與邪視的思想起源相近，可以藉由這個迴避。我可不是在胡亂戰鬥喔。」

「居然有這種預防手段，真令人吃驚。難道我遇上難纏的敵人了嗎？」

和說出口的話語相反，因祿愉快地笑了出來。另一方面，大概是覺得被嘲弄了吧，八鍵以可恨的視線瞪過去。

「吵死了。要是沒有安排到這種程度就無法正面對決了吧，實在太狡猾了我說真的。」

「說得也是。以往大多都是無法彌補這份差距的對手，不過你倒是知道很多人類應該不知道的招式。」

「不知道的是這個世界的人類吧？」

「是嗎！你是別的世界的居民？難怪使用的魔法與這裡的魔法不同，這也是和勇者親近的理由嗎？」

「就是這樣。所以，我不能讓你帶走初美。」

「既然如此，這也是自然的吧。但是，我也有必須帶走她的理由。」

因祿換口氣，慢慢地擺好架式。

「我不會要你原諒，因為我早就知道這麼做會招來憤恨。」

「我懂。既然都開戰了，事到如今我也不會囉嗦抱怨，雖然戲言和挖苦還是會說就是。」

既然要訴諸武力一決高下，就不會有怨言嗎？八鍵吐吐舌，似乎膽大無畏，卻因為無法完全逃離的恐懼而流下冷汗。

聽見八鍵的話，因祿露出笑容。

「真好啊。之前每當這種時候，死不認輸和哭訴的人占了大多數呢。」

「不巧的是，我不擅長向對手求情呢。」

「倒是擅長強詞奪理呢。」

「囉嗦。」

這麼說著，八鍵水明啪擦彈指。空氣的爆裂如同暴力的信號彈般，宣告更加激烈的第二幕戰鬥就此開演。

❖ ❖ ❖

——自己的一招被封住後，眼前魔法師的攻擊果然更加激烈了。

這是因為水明．八鍵終於從他剛才所說的前置作業中解放了吧？他再度飛向天空，依舊往返於夜空與大地之間，但擊出的魔法更強，其行使速度與頻率也倍增。

只有這樣的話還在預測範圍內，然而問題不在這。

這個名為水明・八鍵的男人值得驚異之處在於，比龍人（我們）更加理解龍人的戰鬥方式這點吧。就算靠近但無論如何都不會進入拳頭範圍內，不僅如此，還保持在目測能及的大幅距離外戰鬥。

一般來說，自己只要揮出拳頭，對方就會像剛才的魔族一般，被想都想不到的力量餘波消滅，但這個男人卻像連力量餘波都能看清般行動。

然後是初見時馬上使用的咆哮波。雖然水明・八鍵稱之為龍哮，但實際上水明・八鍵清楚理解咆哮波的本質。如果是不知龍人招式的普通人類，經常就這麼糊里糊塗地被蒸發了，但他卻早在預備動作時察覺，並進行防禦。

還有，他已經知道的龍眼應該也一樣吧。最初就判斷自己擁有那個會將見者連同一切壓碎的招式，所以才在周圍徘徊、不長時間停留在自己的視線中。然後，精采準備了突破那個的招式。

這兩招無論哪招都是一擊必殺，都是光聽就難以破解的招式，都是就算擁有相關知識也幾乎避不開的死亡招式。而這個男人卻一一鑽漏洞，持續像現在這樣與自己戰鬥。

「呵、呵呵呵……」

不由得發出笑聲。眼裡所看見的，是對方不斷行使魔法的身影。

當水明・八鍵做出類似揮動手指或輕觸地面的舉動時，其背後與地面便會出現許多不同圖案的魔法陣。是以那些不斷產生的魔法陣取代詠唱嗎？圓形圖騰內產生魔法，不同屬性、不知種類的攻擊充斥視野並襲擊過來。

就像這樣，從戰鬥開始就頻頻出乎意料。行使速度與頻率也配合得很好，但無法理解的是水明・八鍵的魔法連續行使。知道魔法行使可以快速進行，所以這點沒什麼好驚訝，但是搞不懂對方為什麼**呼吸完全不亂**。

一旦連續行使魔法，體內魔力就必須發散到外側，因為魔力的體內傳導會導致體溫上升，使身體誤解成缺氧而接不上氣。普遍來說詠唱速度都追得上，所以很少看見陷入那種狀態的魔法師，但如果變成那樣，魔法師就不得不暫時中斷魔法行使。

可是眼前的男人並非如此。明明靈魂的容器是人類身體，卻聽不見反覆用嘴呼吸的聲音。

取而代之的是，嘴裡偶爾會吐出大片的白色魔力蒸氣。既然如此，就能夠推測對方體內擁有奇怪的器官吧。

連續行使雖然是威脅，但從某個角度來說，這不間斷的攻擊也是水明・八鍵的防禦方式。

炎、雷、光的魔法如雨般落下，看似攻擊但也可以解讀成為了不讓自己攻擊而經常進行的牽制攻擊。其證據就是，水明・八鍵不曾放出能夠稱為必殺的魔法。

「不攻擊的話就由我上囉。」

就在自己隨著說出的話踏出一步時，腳邊地面如同地表下產生爆炸般被轟飛。直接面對那帶有魔法的一步之際，水明・八鍵的喉嚨因為吞嚥而顫動。

「這、動作也太快了！」

他一下子發出牢騷般的驚叫。果然似乎很焦躁，是想起了什麼不好的回憶嗎？這個男人好像對我，不，對所謂龍人心懷恐懼。

但那並不關我的事。以下顎為目標踢出一腳，水明・八鍵為了閃避來自正下方的一擊而將身體往後拋。正當以為他放棄著地時，又想到既然能在空中自在飛翔，便無需在意姿勢吧。我對彷彿被看不見的什麼拉扯般、不自然移動的水明・八鍵揮出追擊的拳頭。

估計應該會造成重傷的餘波趕上水明・八鍵。擁有方向性的力量波動擊中他的腳，同時聽見了骨折的聲音。對方臉上浮現痛苦表情後，骨折的部分形成以文字數字描繪的綠色圓環。

是恢復魔法。每當受到重創，水明・八鍵都會像這樣使用魔法修復損傷。

——自己也同樣難以進攻嗎？

就在腦海浮現這樣自嘲的同時，對方放出火焰魔法。

「逼急了嗎！」

「隨便你怎麼說！」

雖然斷定是草率的攻擊而這樣喊，但事實和猜測有所不同。是以占據大半視野的火焰魔法當作偽裝嗎？攻擊來到眼前時浮現了小魔法陣。

「嘖——」

就在眼前。是腦袋擅自判斷一旦被擊中不會平安無事嗎？身體反射性採取了迴避行動。但只要遠離小魔法陣，小魔法陣和自己之間就會再度形成小魔法陣追過來。即便加快速度、蛇行、跳躍，小魔法陣就是不遠不近地排列成形。就在懷有「像彈簧玩具一樣呢」這種不合時宜的感想時，小魔法陣終於露出獠牙。

——連鎖爆發（Chain explode）。隨著這個鍵言，連續性的爆炸瞬間捕捉到自己的臉。

「咕、啊……」

即便閃躲，但近在眼前的衝擊波無法完全躲避。是擁有和吉貝托的怪力並列威力的一擊，就算是我也有點吃不消。但對戰鬥沒有影響。輕搖腦袋後，看見了夜空中的群青色星影。

——對方先行進入攻勢了嗎？

就在浮現危機感的瞬間，水明・八鍵開口。

「——光輝術式略式稼動。由第一至一百隨機展開、戰略爆擊。」（Ad centum transcription. Augoeides randomizer trigger）

然後，閃爍的星星如雨般降落。天空墜下的光魔法讓人聯想起帝國那時的星光，但這似乎是不同類型的術式。

因為錯過迴避機會，所以將魔力充滿全身並採取防禦姿勢。沒過多久，魔法就停止了。

「還沒結束對吧。」

一如預料，對方的下個魔法已經準備好了。

不知何時退到後方的水明・八鍵以著地的姿勢紡織語言。

「——火焰集結。宛如魔術師嘶吼之嗟怨。其瀕死哀鳴化為具象藉以焚燒，賜予阻擋吾跟前者悽慘命運。」（Flamma est lego Vis wizard. Hexagonae stua sursum. Impedimentum mors）

周圍空間大量描繪出紅色魔法陣，水明・八鍵腳邊展開了大魔法陣。當包圍大魔法陣文字圖形的雙重外側圓圈各自逆向高速迴轉時，周圍的地面遭到火焰覆蓋。

燎原的火紅映在水明・八鍵眼底。熾熱的光輝是激昂的意志，就在那道景象奪去視野的剎那。

「——然則輝耀。亞述巴尼拔的璀璨之石！」（Fiamma o ashurbanipai）

焰光被右手捏碎。在其如寶石般碎散同時，大魔法陣噴竄出的火焰與野火一同炸開，大地被燒紅、化為咕嘟冒泡的沸騰岩漿。

雖然腦海裡浮現火焰對龍人無效的常識，但與此同時不好的預感也襲向身後。選擇信任自己的感覺而非戰場上無用的常識，在沸騰的大地抓住雙足之前、在如蛇般蜿蜒的火焰纏上身之前，傾盡全力退開。

即便成功躲開，但空氣中傳播的熱度炙烤身體。肌膚感覺到活到現在前所未有的連續輕微痛楚。

果然不是普通的火焰。恐怕除了讓火焰產生外還附加了別的咒吧？被這個打中很不妙。腦袋深處的悸動轉為警鐘大肆作響。

脫離火焰的當下，水明．八鍵衝了過來。雖然對魔法師主動接近感到些許困惑，但對方一進到攻擊範圍的瞬間，就在眼前化為煙霧消失了。

見狀，我再度流露出笑意。

在看清四散的煙霧去處之前，背後察覺氣息。立刻轉身，眼前就是掌心浮著小魔法陣的水明．八鍵。

「噢噢噢噢噢噢噢噢噢噢！」

「哈啊啊啊啊啊啊啊啊！」

同步發出裂帛般的吶喊。相互衝突的嘶吼。龍人的拳頭與魔術師掌心的小魔法陣重疊。然後在各自的力量化為爆炸與衝擊波後，雙方都橫飛出去。

重整姿勢看向對面時，同樣被衝突餘波打飛的水明・八鍵也跳了起來。

——啊啊，多麼令人歡欣雀躍的戰鬥啊。如此精采的戰鬥，是出生以來第一次。至今為止求而不得的戰鬥，居然在此刻到來。

在心中大聲稱快的同時，水明・八鍵的臉色轉為嚴肅，接著以譴責似的語氣詢問。

「有什麼好笑？」

「嗯？我笑了嗎？哎呀，這場戰鬥到了這種程度呢。你不覺得開心？」

「這麼說起來你確實是這種傢伙……」

水明・八鍵感到為難般這麼說後又小聲咕噥「戰鬥狂（Battlejankie）……」。那大概就是自己這一類型的形容吧。但是，敵人口中吐出的不愉快言語不外乎是稱讚。正因被強者視為強敵，至今的一切累積才有意義，同時也是對自己的認可。

因此，這場戰鬥有著意義。自己求而不得的境地就在這裡，確實在這裡。

但可惜的是，為什麼和這個男人的機緣是在此時。在意外之處碰上這樣的戰鬥是絕無僅有的幸運。但一想到這是在任務途中、不能隨心所欲戰鬥，就難免感到不幸。

「——啊啊，不如意。」

不知不覺流露出的聲音傳出去了嗎？因為恍惚發出的聲音與話裡的意思完全相反，水明・八鍵額上的皺紋，肉眼可見地增加了。

但是，不知為何沒有使用魔法攻擊。明明剛才就算不斷攻擊，也沒有喘不過氣的樣子，是稍作休息嗎？

雖然考慮過是不是在準備招式，但此時該拒絕深入思考，而是主動出擊。自己打出連擊。但是，眼前的魔法師好像很習慣接近戰，或者該說是互毆距離的戰鬥嗎？漂亮靈巧地擋了下來。連魔法師足以致命的距離都能夠應付這點讓人驚嘆不已。

但即便如此，他似乎還是和擅長互毆的較量不投緣。當然，人類的腕力或強度贏不了龍人。擋住自己的手腕立刻磨破露出血肉，瞬間變得像破布一樣。

「咕、啊……」

就算發出呻吟，水明・八鍵也馬上拉開距離。而當自己沒有一口氣進攻時，那個男人用詫異的視線看了過來。

眼底寫著為什麼不繼續進攻。

除了有無法就此把他打倒的預感外，還有一個理由。

「戰局陷入膠著是好事。」

「哈？」

「沒錯吧？對手越難以駕馭戰鬥，時間就拉得越長，也能因此磨練招式。」

「……相互展現技術或彼此應對確實有值得開心的地方，但前提是不在這種狀況下。」

「同感。哎呀，我們意外很合得來不是嗎？」

「不，我和你感嘆的絕對不一樣。絕對。」

「這都是小事。」

「……你是那個對吧？那種對不感興趣的事就隨便的性格對吧？這個性不錯喔我說真的。」

「呵。」

雖然對夾雜在戰鬥間的對話感興趣，但水明．八鍵額頭直到如今依舊流下如瀑般的急汗。不過膽怯正在逐漸減弱也是事實。恐怕這個男人也將變強視為其中一個目的吧。雖然嘴裡否認，但因為至今的對話波長挺合得來，所以多少緩和了一些也說不定。

即便前往的地方不同，但尋求之物相同。無人得以到達的高度，以及激發這份渴望的理想。這個男人也有一樣的想法，他確實懷有這樣的夢想。

「難得啊。真的。你擁有和那一位不同的光芒。」

如同黑暗中的光比任何事物都更加耀眼，眼前的男子亦是，正因身在黑暗中而眩目。女矮人舉的例子確實可以說一針見血。

「……？」

「儘管是這樣，你話很多呢。」

「我自己也非常意外喔。明明在戰場上多話可是愚蠢透頂的行為呢——啊啊不過說得也是，這就是那個吧，興奮過度所以想滔滔不絕。」

至今為止的戰鬥中，不曾像這樣夾雜多餘的斟酌與對話。現在之所以無法停下這種無謂的舉動，是因為難得吧。難得之物便是重要之物。不想因為過度觸碰而弄壞，所以才在不知不覺中稍加照顧了也說不定。明明自己是為了破壞而戰，實在矛盾。

水明．八鍵果如所料休息完了嗎？就在自己想用魔法砍伐並舉起遠在後方的樹木時，那些樹木已然飛來。劃破空氣、伴隨著巨響襲來的許多巨木。黑鋼木樹幹粗壯且堅硬。如果是人類被擊中的話絕對無法平安無事吧——如果是人類的話。

「這種障眼法對我不管用喔。」

正如所說，我能夠看見水明．八鍵穿梭在巨木之間的身影。在我用拳頭擊碎黑鋼木的瞬間，他見機來到眼前。

魔術師以銀色刀刃為前鋒刺了過來。但是——

「穿不過去……」

即便刀鋒來到胸前，也只刺破了衣物。畢竟只有人造程度的刀刃貫穿不了龍人的皮膚。

那麼，此時的破綻會由誰接手呢？

「這隻手腕，我收下了。」

手刀切斷了水明．八鍵的右腕。慣用手的缺損是主動踏入不利接近戰的代價。右前腕飛開，斷面噴濺出血。

遠方傳來勇者的叫聲，前方是男人痛苦扭曲的臉。但是，水明．八鍵沒有退後。非但如此，還看準**右手被砍掉後會露出的空隙**般來到眼前。

但這個舉動還在預料當中。這種先讓對手得逞、犧牲自己骨肉就為了抓住破綻的方式雖不尋常，但確實有可能。只不過與猜測相反，他伸出的不知為何是被切斷的右腕。

碰不到。不夠長。是目測有誤嗎？不對，因為他伸出的是右腕所以單純是迫不得已吧？

就在自己小看人類的極限，準備優先攻擊而非思考時，水明．八鍵動了動嘴巴。

「這樣好嗎？」

——飛舞在半空的右腕突然改變軌道，往自己撲了過來。見狀，我不禁露出竊笑。

「——哈哈。是這樣啊。」

語氣會染上喜悅，是因為許久不曾遇到超出預測的招式了嗎？但超出想像的不僅如此，水明．八鍵將手腕斷面壓上飛來的右腕斷面，讓其再度貼合。

「哈啊啊啊啊啊啊啊！」

接著，合在一起的傷口浮現圓環魔法陣、發出翠綠光芒旋轉。與此同時，他腳邊出現極為激烈的塌陷。空氣聚攏，乙太風四散，大地碎裂。和沒受傷時相比也毫不遜色的一拳打了過來。

「呃！」

拳頭打中了臉。

從來沒想過會被人類擁有如此威力的拳頭打中。

只靠腳邊地面無法完全抑止其威力，踩在地面的雙腳沙沙沙地鏟起土、層層削弱身上承受的力量。

終於停止後退時，我將手伸向下顎，確認狀況般扭了扭脖子。

刻不容緩地飛向天空的水明．八鍵發出了不愉快的聲音。

「幾乎無效啊……」

「不巧我可是耐打的生物喔。」

「明明是人型但腦袋卻沒受半點損傷嗎？所以才說是詐欺啊。」

無論是他發的牢騷或自己承受的疼痛都令人感到愜意。伸手壓住腦袋然後轉了轉，再度確認觸感。給予意外痛楚的男人已經在為下一步行動，但自己現在想委身在這久違的愜意之中。

我對著準備行使魔法的水明・八鍵，踢向地面、揚起大量沙塵。

「你這渾蛋！居然學我！」

「不不不，障眼法可不能捨棄呢。」

前方瞬間被沙塵覆蓋。雖然看不見，但如此一來對手也看不見自己了。放棄不需要的感覺，只凝神讀取氣息。對手是擁有龐大力量的魔法師，比起用眼睛看，更能沿著魔力正確把握對方位置。

——對，如果本人沒有增加的話。

「分身？不對，**居然增加了**？」

「不要讓我用、高級複製人啦——！」

不只是魔力的氣息增加而已。模糊視野中，完全相同的氣息增加了。對，彷彿現場有好幾個水明・八鍵。

聽見聲音後，地面突然崩塌。

「什麼──」

腳被抓住了。他做了什麼？雖然回溯記憶尋找魔法起因，但沒有任何能夠稱為線索的舉動。剛才被火焰魔法沸騰的地面就在水明・八鍵腳下，這裡的地殼還沒有不牢固到一踩就會崩塌的程度。

立刻將視線往下望後，看見了魔力光。是什麼時候布置好魔法陣的？

抬起頭時，正好對上水明・八鍵浮現帶有危機感但詭計得逞般的笑容。

（是嗎，是剛才的光術嗎──）

猜想的是，將光如雨般落下的魔法。那不單純是猛攻，還將打在大地的傷痕組成魔法陣了嗎？

──戰鬥開始前，水明・八鍵就說過『魔術師會攻其不備』。原來如此，這個連擊確實在意料之外，可以說是精采的戰術。雖然地面崩塌傷不了自己一根寒毛，但在這個狀態下怎麼努力都動彈不得。那麼，就原諒水明・八鍵為此準備的下一擊吧。

周圍沙塵飛揚。捲出漩渦，翻騰般向天空而去，然後朝自己飛來。明明對方應該知道倚靠質量的攻擊對自己無效才對──不，既然如此肯定是為了別的什麼吧。

「──地面封鎖之術（這種 Ground seal）。」

仰頭望去，正上方塵土如雪崩般垮落，沒多久就將自己掩埋。

❖　❖　❖

……飛揚的沙塵止息後，視野內是平整、毫無起伏的地面，其中心則呈現出土捲成漩渦般的形狀。

大概是看見因祿被地面封鎖之術埋入土中而堅信獲勝，在後方觀戰的初美發出痛快的喊聲。

「太好了！」

「不。」

水明否定那道參雜著喜悅的聲音。要說勝利還太早了。

因為水明說的話和眼前的狀況不吻合，初美「咦？」了一聲表示驚訝。就在水明以手勢制止、並催促她後退後，地面的漩渦中心果然隨著轟然巨響炸裂開來。

龍人因祿再度從飛揚的沙塵中現身。

「──聽你說攻其不備時還以為指的是突襲，原來是這個意思啊。」

滿是稱讚的口氣，彷彿完全沒受損的清爽聲音。雖然在內心對對手那樣的狀態咬牙切齒，但水明依舊詼諧答禮。

「正所謂卑鄙和優雅的不同。」

「不不，我學了一課。畢竟魔法師基本上都是詠唱後才攻擊，行動意外地單調——但你顛覆我的想像囉。」

「謝謝誇獎。」

正當水明暗自回了句「囉嗦」，隨著因祿詫異開口同時，危險神情中晶亮的黃玉目光射過來。

「你發現我沒有倒下對吧？剛才為什麼不攻擊？」

「為什麼呢～」

「我不認為你會錯過這種絕佳破綻，還有之前的魔法不自然中斷。既然如此，就是有不能攻擊的理由了吧。」

「…………」

「看樣子猜對了。」

水明第二次對那獲得確信的表情咬牙切齒。

沒錯，因祿一語中的。確實如他所言，魔術行使之所以中斷是因為無法使用。由於魔術連續行使，現場的熵已經接近飽和臨界點。

在這種狀況下無法擊出決定性的魔術，為了不引發魔術融解（Magic・Melt）現象而下降位格，用些半吊子的魔術也只是白費功夫。既然如此，就得選擇能爭取時間的最糟方式了。

以現代魔術理論編織的魔術行使速度很快，但因為會招致熵大幅增加，所以一直伴隨著需要時間間隔這個難處。為此，戰鬥中經常發生像剛才那樣，就差最後一步的窘境。雖然早知道優缺點，但陷入這種狀況果然會感到悔恨。

眼前的男人拂去沾在身上的泥沙，再度重整戰鬥姿態。阻攔在自己身前的障礙泰然自若且完美無瑕，宛如與世人宣告這便是所謂的強者。

即便從外表推測應該比較接近東洋的龍，但戰鬥方式有些地方卻更貼近西洋的龍。例如以龍（Dragon）的語源為名、和邪視有著相同起源的招式——視殺（Dracomi）。雖然東洋也有會使用「視毒」的八大龍王德叉迦，所以無法輕易斷定類別，但因為剛才使用的地面封鎖之術無效，從土剋水來說難以考慮對方是水神。既然能吸收大地之力、消散死亡，就是西洋的龍吧。這點不會錯了。

雖然類似龍的存在對自己深具威脅，但恐怖的地方在於其攻擊和重量。

親眼目睹過的強力打擊攻擊。雖然從物理角度而言，那種瘦長身體不可能辦到，但如果比重不同的話就得另當別論。特別是這種非人生物，往往都擁有和外表不符的重量，因此才能藉由其他——並非魔術的純粹腕力，以及和初美所使用的絕刃太刀等等登峰造極者才有的常理之外的『理』，使出那種程度的力量。

對那個男人而言，近距離足以致命。但是，離太遠也是下策。

遠距離要提防的是龍哮（Dragonroar）。從科學角度來看，就是類似高輸出的微波、衝擊（聲爆）波與音響兵器合一的等離子體發生裝置；而從魔術角度來看，也可以說是熱素增速（熱質超速）造成的脫燃素結果。急遽發生的熱素擴散到周圍，將萬物皆有的燃素強制排除，使之發生燃燒。

雖然戰鬥開始前自己已經用那招燒盡了周圍，但對方也可能擁有像是息吹類具方向性的招式。

「雷之吐息更要命……」

水明回想起曾經看過的類似攻擊。和龍哮不同，那是由與人類一樣的人型生命體從口腔深處吐出的『殺死各種生物的吐息』，也就是雷之吐息（Dine · Al · Rauber）。那是被視為位於地表的人型生物所擁有的破壞性活體運動中最為凶惡的招式之一。因為其有著所謂**難以防禦**的特異性質，無論使用怎樣的防禦方式，都無法完全減弱威力。

現代世界也有為了對付那種東西而使用類似攻擊的生物。也就是被稱為最強種（Highest · One）、立於各種生態系頂點的靈長。那份力量凌駕人類智慧，甚至給人一種童話或神話英雄直接從書裡跑出來的錯覺，以不同次元的力量為傲。

而那些毫無例外都是人型，甚至可以說是人類的原型（Archetyp）。說不定在這個世界扮演那種角色的，就是眼前被稱為龍人的生命體。

彷彿要證明這點般，龍人因祿開始做出「非人類」的舉動。在周圍躍動、如同玩弄自己般的動作，就連魔術師的眼睛都追不上。即便速度不快但動態視力卻追不上，是因為對方做出了人類無法想像的動作吧。綠色迅雷彷彿落雷般在地面彈行般跳躍，就在視線想追著看時，不知何時就跟丟了。回過神後只能看見綠光拖著尾巴的餘韻。越想追上就越追不上，到最後不管看向哪裡都無法捕捉到因祿的身影。

一旦他進入其他次元的速度領域，就無法出手干涉了。

因此自己提高魔力爐的稼動率，往解放的爐心再一次添加願望的火焰。激發心脈。比什麼都更大的心跳聲往自己襲來，超越極限並提升自身位格。

「到底有多少魔力……」

依舊看不清的因祿發出了佩服的聲音。

——對，所謂魔力爐心是承受魔術師的魔力消費規模，並執行魔力生成的器官。魔術師通常會設定安定時不超過自己擁有魔力臨界點的『定常魔力』。

在行使魔術時，經常會使用定常魔力與藉由爐心生成的魔力讓神祕發生。一旦定常魔力用完，而爐心魔力來不及生成時，就會發生初次的魔力中斷。為了迴避這點，並讓定常魔力溢出，提升輸出速度的就是被稱為爐心解放的技術。

這樣一來，在魔術師可以忍受的肉體強度範圍內就能經常讓魔力上漲。然後，藉由魔力規模提升，可以擴大原本需要消費大量魔力的魔術行使影響領域，暫且將自己的存在提高，增加能夠使用的神祕。

還是看不見因祿的身影。雖然無法捕捉對手這點足以致命，但總是會有能看到的時候。因祿對自己攻擊結束那時，肯定就能首次定位到那個怪物吧。

維持著身體能力強化術式、身體強度向上術式，在加上這兩個術式後，背後就被宛如閃電的一擊打中。即便是平常足以致命的一擊，但現在超過極限、提升位格的身體能夠堅持住一次。因為沒有被打飛，因祿的破綻在不久後便成為送上的良機。

因祿用拳頭攻擊自己的背部並停了下來。在他打算脫離攻擊範圍前，周圍的空間被魔術扭曲。視野如同軟綿綿的大理石浮紋般歪斜。讓因祿因此變化重心、行動遲緩，然後瞬間加上高重力。

「——重力式、二重連結（Gravitatem Bis coniunctum）！」

這樣不夠。不是重疊魔術，而是以連結祕法將魔術與魔術串聯、消去兩者間多餘的時間（損耗）。

「——重力式、三重連結（Gravitatem Triple contexitur）！」

即便對因祿有剎那間的猶豫，水明依舊脫離重力牢籠。因此對方無法用手或嘴巴阻止自己的魔術。

可以窺見因祿不愉快但同時帶有喜悅的表情。「再展現一些給我看，更加鍥而不捨地抓著我不放吧。」他的表情傳遞著這樣的想法。即便身在重力牢籠中也一如既往的模樣，實在令人不敢恭維。

既然如此，分別釋放出五種屬性的魔術吧。世界由五行相生所構成，而元素們相剋時便會產生破壞。在初美正下方畫出防禦圓陣後，終於，狂暴的五元素隨著開始反應直到最後對等消滅——世界被掀飛。

其規模比因祿剛才的龍哮更甚，這次整座黑鋼木森林都從聯合北部消失了。

但是，即便能讓森林消失，也不能說就能打倒龍人。對這種『依靠威力的攻擊』有抗性嗎？因祿在攻擊距離外愉快地笑著。

五大元素的效果薄弱，看來只有藉上位概念的攻擊才對龍人有效吧。就在水明得出結論的同時，背部壓抑住的痛楚席捲而來。

沒預料到的不穩步伐，因為這個破綻，冷汗從背後滑落。

沒錯，那道不會放過任何一絲空隙的迅雷已經來到。

「這場勝利由我收下了，水明・八鍵。」

自己立刻伸手保護頭部，幾乎能夠貫穿防禦的拳打落下。用來防守的左腕折彎，彷彿這樣還不夠般，雙腳也前後受到攻擊，最後身體被重重猛踢。

「咕、哈——啊……」

整個人被踢飛、在地面翻滾。努力鞭策暈眩的意識和搖晃朦朧的腦袋，馬上對受傷的部分施予治癒魔術。即便想立刻重回戰場，但眼前就是因祿的影子。一旦對手逮到空隙，自己必定會不斷遭受攻擊。

「嘶、咕、嘎哈……」

每次被打擊就對身體施予治癒魔術，但治療當然漸漸跟不上受傷的速度，身體的動作也開始遲鈍。連續承受著彷彿被巨大鐵球狠砸般的打擊，最終如同一團破布似地飛了出去。

——自己會輸在這裡嗎？

在地面翻滾一圈、兩圈、好幾圈，直到趴下。嘴裡都是血與土的味道，身心因為不曾間斷的痛楚而頻頻慘叫。即便如此也想重新站起，雙手握緊從地面刨出的土塊。

如同看穿自己的自我詢問般，前方傳來問話聲。

「這就結束了嗎？」

「閉嘴……」

「但你站不起來了吧？」

「閉嘴！」

「不繼續攻擊的話，女人就要被我帶走囉？」

「閉嘴啊啊啊啊啊啊啊啊啊啊！」

「就是這樣！叫吧！如果認定那是絕不可相讓之人就放聲高喊吧！嘶吼吧！然後

揭露所有！你的力量應該不僅如此！這種緊要關頭可不是有所保留的時候！」

這種話根本不用他說。就像劍士會將拔劍之地視為喪命之處，魔術師也會在認定命懸一線之處，燃盡所有靈魂與魔力。

因此，站起來。直到身體放棄活動為止。直到心靈一蹶不振為止。直到那天確立的夢想、從這雙眼睛失去之時為止。

「——火焰集結！宛如魔術師嘶吼之嗟怨！其瀕死哀鳴化為具象藉以焚燒，賜予阻擋吾跟前者悽慘命運！」（Fiamma est lego. Vis Wizard Hexagon aestua sursum. Impedimentum mors）

「這個魔法之前看過了！」

沒錯。你看過了。**你看到的，不過是布局**。

如同心底回答的句子般，魔術出現不同形態。火焰宛如推進結構的噴氣般向後方射出，握著亞述巴尼拔輝石的右手及右腕都被光彩奪目的烈火所包裹。

因祿以為抓住破綻從正面而來，自己便鑽進因為誤判而主動來到眼前的龍人懷裡。

在驚愕瞪眼的因祿面前，竭盡全力地行使魔術。

「——然則輝耀！而後擊穿！亞述巴尼拔的璀璨之石！」（Fiamma o asshurbanipal）

將握著輝石的右手抓握成拳，以朝後方噴出的火焰做為加速輔助結構，捕捉到因祿的中心點。擊出的拳頭將這次無法閃避的因祿重創、打飛到後方，然後亞述巴尼拔的火焰繼續追擊無法行動的男人。

能夠聽見因祿從火焰中發出的咆哮。

「還沒結束啊啊啊啊啊啊啊啊啊！」

貫穿鼓膜、宛如能就此吹飛纏身火焰般的巨大聲量。即便被為生者帶來破滅命運的寶石光輝擊中，龍人依舊沒有伏地不起。

既然這樣，第二次交手的時機就很近了。水明沒有沉浸在行使魔術後的餘韻中，而是再度著手看準會進入近距離戰鬥的最後一招。

立刻擺出的右手刀印指間亮著魔力光。宛如曙光般璀璨，靜靜搖曳著描繪出生成魔術的文字記號。

魔法陣立刻在腳下展開。就這樣重複動作後，魔法陣外圍又重疊了魔法陣。

編織魔術過程中浮現於心的，是揮散不去的過往。即便擁有實力但心靈脆弱，因此造成無法挽回過錯的那一刻與那個戰場。

沒錯，自己在那個地方失去了重要之人。沒錯，因為過於強大的存在橫擋在前而無法動彈。因為防禦太遲，前來救援的父親代替自己正面接下了赤龍的咆哮。

然後，就在那個時候，自己繼承了父親的意志。代替未能給予救贖的我，去救贖無法獲救的女性。確實有過那樣的誓言。

沒錯，**所以在那天、在那裡，軟弱的八鍵水明就已經死了**。

所以——

「再也不要像那時一樣……」

從肺部擠出空氣般低喃後所紡織的語言是——真詠唱。

——先祖由黎明之空而來，完成天地一切願想。（Emerge from the sky of dawn.A person who has fulfilled all the wishes）

——為從使徒手中解放後人，為從自己手中解放後人，先祖降臨於使徒面前。（To release from the Apostle.To release from their own hands.The advent）

置身詠唱的世界開始震動。靜靜地，慢慢地，而後激烈地，任誰都無法站立般急遽搖晃。終於甩開火焰的因祿目睹周圍變動而屏息。就算現在衝上去，也已經來不及阻止即將完成的魔術了。

因此……

——於是使徒墜地。因為被光擰下羽翼。（Apostle fell to the ground.Because it deprived of wings to light）

——於是使徒被迫墮落。因為其身盤踞善惡不分。（Apostle was dropped to hell.And because we affirm the evil）

——那就墮落吧。如同先祖驅趕遭到定罪的使徒。（The fall of the Apostle.As punishment）

——那就祈願吧。如同先祖所示。不錯，為了將他那無窮盡之光於此如斯顯現。（Please petition.As it has been so.In order to manifest the infinite light）

在因祿進入攻擊範圍後——

「吾之悉數為不可知■■■——！」（hope those that do not know anyone）

抵達吧。抵達至今不曾見過的領域。嘶吼著抵達吧。為了這隻手此時能確實掌握那道無窮盡之光。

但是，水明想掌控的那道光，對現在的他來說還太強，而且為之過早。

「嗚、咕……可惡，抵達吧啊啊啊啊啊啊啊啊！」

無論擁有多麼強烈的意志，無法和語言銜接的魔術依舊以失敗收場。無法完全控制的力量與概念湍流的餘波，立刻將衝突的兩人捲入其中加以吞噬。

眩目光芒消散後，戰場立刻灌入冷颼颼的夜風。

現場只剩燒焦的土塊，與滿是稱不上炭化樹木殘骸的炭之大地。

被吹飛的因祿開口詢問。

「……你做了什麼？空氣退回稍許之前了。」

「餘波造成時間停滯，也就是空間承受回溯。這是低速的光發生造成的影響吧。因為發生了，所以這樣也**合乎情理**……哎，這種事情無所謂……」

從五臟六腑上衝的熱度，以及喉嚨冒出的灼熱感讓水明咳血。內臟稍微受損了嗎？

於是，孤注一擲的一擊失敗了。現在獲得的結果與腦中描繪的想像差距甚大。因為口中最後的咒文（Spell）**無法發音**，所以才會在未完成的形態下結束。不對，是因為自己要使用那個魔術還有不足之處，所以咒文到最後才會無法發音。

水明因為魔術失敗引發的反噬——也就是返禮風（Rebound・Air）慢慢地跪倒在地。因為傾盡全力所以沒有餘力準備反噬對策，強烈的麻痺感侵襲身體，暫時還動不了。

「…………」

雖然這是戰鬥時足以致命的時間，但對手也沒有行動。不對，應該是不能動。

恐怕因祿也不是毫髮無傷吧。剛才被亞逑巴尼拔的火焰奇襲打中，現在還承受了『無窮盡之光』的奔流。即便魔術沒有成功，仍然有所影響。

就在水明動彈不得時，一道身影突然闖入視線。

仰起頭，看見了拔刀備戰的制服少女。

「初美……妳、我不是叫妳退後嗎……」

「你動不了吧？既然這樣，必須有人站出來才行不是嗎？」

「妳都看到了，應該知道那是打不贏的對手吧。」

「——不用你說我也知道。但是，至少在你可以行動前我能爭取時間……而且那邊那個，也不是平安無事吧？」

「呵呵，確實如此。」

因祿雖然浮現笑容但果然動也不動。明明初美挺身而出對他而言應該是千載難逢的機會，但他卻只是整理著儀容與被燒壞的衣物。

另一方面，初美持刀以正眼站姿瞄準因祿，但緊握刀柄的手滲出冷汗並微微發抖。

「要打嗎？」

聽見初美的詢問，因祿搖了搖頭。

「不，暫停。這次我就回去吧。」

「咦？」
「你說什麼？」
因祿出乎意料的話語，讓初美和水明同時發出疑問。
「怎麼，很奇怪嗎？」
「當然……」
「所謂戰鬥暫停，就是先到此為止對吧？也就是有應該撤退的機會。」
這是他的真心話嗎？聽見這種用意不明的好事，水明訝異詢問。
「沒關係嗎？你不帶初美走了嗎？」
「沒錯，那是戰勝你時的戰利品。而且，我不希望你留下宿怨。」
「你說宿怨？」
「沒錯。如果因為帶走勇者讓我和你之間留下宿怨，之後的戰鬥就會讓多餘情感妨礙。那非我所願。我所享受的戰鬥是，即便不公平也要堂堂正正才行。」
「所以，這次是因為有你所謂的多餘要素，才不和我打到最後嗎？」
「沒錯。」
因祿閉上眼靜靜頷首。雖然聽上去很亂來，但因為這個男人是會在戰鬥中尋找樂趣的類型，所以也未必能說是謊言。
就在水明驚訝時，因祿做出準備離開的舉動。他真的不打算繼續戰鬥了吧。解除高漲的武威，灼熱的空氣也轉換為涼風。

目睹這一切的水明席地而坐，露出半是驚訝的笑容。

「……你很了不起欸，我至今為止還沒看過比你更純粹面對戰鬥的傢伙。」

「這句話是崇高的讚美，這樣我至今為止的鍛鍊就有了價值。」

因祿露出得體的笑容並轉身，離去之際，他留下彷彿與戰友交流友情的話語。

「那麼我走了，水明・八鍵。之後再會吧。」

「嗯。」

所謂之後再會，就是再戰的約定。雖然很想說拒絕和你打第二次、極為不情願這種話，結果卻做出同意的回應，是因為內心覺得必須回應對手的真摯嗎？

因祿離開後，森林終於重歸寧靜。雖然還可以聽見餘燼燃燒的聲響，但即便如此也覺得安靜，是因為胸內的煩擾消失了吧。

初美僵硬的身體也放鬆下來，一屁股跌坐在地。

「走掉了……」

「是啊。」

「到底怎麼回事啊，那個人。」

「誰知道。現在只能說是奇妙的敵人。還是個戰鬥狂（Battlejankie）。」

對因祿的個人意見說到這邊，水明大口吐氣。

「可惡，下次、不會輸……」

將殘留於肺腑的濁氣吐出後，緊接著流露出的是有所不甘的超越對手宣言。不是敗北。從結果來看反而該說因為己方達成目的，可以稱得上勝利吧。但是，戰鬥在處於劣勢中結束了。從心情上來說完全不覺得是勝利。這樣一想，自己果然算是輸了吧。

「你還好嗎？」

「唉，只要活著就能想辦法。」

初美對水明玩笑般的話只回了一句「是嗎」。然後，她似乎想起什麼般再度開口。

「話說回來，你好像聽那傢伙說話聽得很專注。」

「嗯？」

「不是交談了嗎，和那傢伙。」

「是這樣沒錯。」

「為什麼？沒必要聽敵人說話吧？而且你們還在戰鬥中浪費時間說話。」

「也是有這種時候吧。在那種並非互相廝殺，卻發展成混亂死鬥的戰鬥中，就有這種微妙之處和默契什麼的。」

「趁著說話時做些什麼不就好了。」

「不能同意更多。但和那種對手戰鬥的時候我認為這樣很不識趣喔，沒錯吧？任何人都會有一兩個無論如何必須正面打倒的對手，所以我不想欺騙自己。當然我也有想過只讓妳逃走的方式喔。」

老實說，水明更想執行後者。既然因祿目的是初美，最糟的情況下就是把初美移動到對方觸手不及的地方。

但是，初美露出難以服氣的表情。

「……妳臉上寫著想都不准想。」

「那當然。」

「我說啊，妳也看到我的力量了吧？」

見初美點頭，水明繼續說。

「雖然還是半吊子，但我對自己擁有的強大力量有所自覺。簡單來說，我是類似自主行動的火藥庫。妳應該知道這種傢伙如果隨心所欲，在什麼都不知情的狀況下使用力量，會造成什麼後果吧？」

「那是……」

「我是魔術師。不只怪異，就連人類也用魔術殺過很多。當然，那個時候是因為被襲擊，不得不這樣做，但如果事情不是那樣呢？如果我在沒有正確掌握周圍狀況的狀態下使用力量，如果造成無法挽回的事情──」

等在水明話語後的是沉重的沉默。初美無法反駁水明的話。這是當然，因為這種假設，是沒有記憶的初美應該意識到的事情。

「我不想在不小心做了之後才來後悔，所以知道情報有一半是義務。對手的底細什麼的一般看不出來，只是因為與我為敵就決定必須打倒，實在言之過早。嗯，當然也可能因為過於慎重而錯失機會，所以無法說哪個方式更好。我可是很煩惱的喔。」

在水明自嘲般的自貶話語和笑容後，初美並沒有回答。而水明對似乎正在沉吟什麼的她說出對因祿的感想。

「唉～不過啊，我也沒看出那傢伙做出什麼正確的事就是了。」

「在他說『使用』的時候，就已經沒有交涉的餘地了。」

聽見初美板著臉的結論，水明毫無幹勁地回應「您說得對～」。

然後，突然呈大字型躺下。

「八鍵？」

「……累得要死。超級想要被窩。」

聽見那樣的呆傻發言，初美渾身無力。看來無法馬上撤退了。

❖　❖　❖

聯合軍與魔族大軍在平原進行的戰鬥已經結束。

戰鬥結果是各有損傷不分勝負，但錯估敵方戰力的聯合軍比魔族受到更大的損失。

聯合軍現在以前線要塞為本營，在周圍建造營地維持軍隊狀態。

帳篷內聚集了活下來的將軍、維札等初美的夥伴，也有露梅亞和蕾菲爾她們的身影。

然後現在，他們等候消息的帳篷中，充滿彷彿讓人喘不過氣般的激昂情緒。

因為關於大軍今後該如何行動的會議進入了白熱化。

將軍和參謀逐一對擁有斟酌策略地位的維札提出諫言。

「維札殿下，此時暫且將軍隊後撤您認為如何？若退入峽谷地帶，也有利於我軍行動……」

「不對，峽谷地帶可能對我軍不利。魔族中有能夠飛行的傢伙。此時應該一鼓作氣將戰線往後拉，眼光放遠一些重整軍隊較為……」

「此兩策皆無討論價值。在勇者閣下回來之前，我等不可撤退。」

維札對突然提出的舉棋不定意見一聲大喝。但是，將軍和參謀等人似乎無法就此停止勸說，其中有一人不肯作罷。

「但是，即便一直在這裡等待，狀況也無法解決。如果再度在平原交戰，這次我等將受到毀滅性的損失。」

「就是因此才向各屬國要求援軍，在援兵和物資到來之前等著。」

「等待途中士兵們的不安會蔓延！現在我等應該果斷提出指示，要是不動員士兵，他們會認為沒有對策而為之動搖！」

維札對沒那麼簡單就聽令的將兵們的焦躁感似乎到達頂點。他砰的一聲雙手拍桌，彷彿要踢倒椅子般站了起來。

「確如諸位所言，我等若不齊心一致，士兵們便會動搖！但是，若失去勇者閣下，今後我軍是否能恢復這點無法預料！再者，捨棄拯救我等的勇者閣下逃跑這種事，你們真的認為是正確的嗎！」

「……！」

「聽好了！被勇者拯救的我等有保護勇者的義務！不顧這份恩義之人，沒有仰仗勇者的資格！全員都給我銘記於心！」

他的再度大喝有著讓全體緘默的威力。聽見他那句是否問心無愧的話語，所有人都好像被束縛般無法動彈。

另一方面，坐在軍議末席的露梅亞跟隔壁的蕾菲爾攀談。

「……哎呀哎呀，那邊似乎很辛苦呢。」

「請不要說得事不關己，露梅亞閣下在此也有發言權喔。身為支部的公會長，請說些實在的發言。」

聽見蕾菲爾摻雜驚訝的勸告，露梅亞聳肩回應。

「我完全不懂用兵喔。啊不過會聽聽看最後是什麼結果。」

「這樣好嗎……」

「沒事沒事。」

露梅亞吞雲吐霧，極為隨便地回答。與她同席的翡露梅妮雅和莉莉安娜，也因為對方毫無幹勁的態度而浮現困擾般的表情。

露梅亞沒有理會她們，逕自向等候在一旁的士兵詢問。

「……我說啊，那邊那位。斥候有什麼報告？」

「是！魔族全軍已經撤退。各要塞的報告也說魔族似乎退兵了。不過，關於是否進擊尚無法預判。」

「但魔族開始撤退了對吧？真奇怪呢。就算最後被我們反撲，但真要說起來明明是他們更有利才對。蕾菲，妳覺得呢？」

露梅亞這麼說著試探蕾菲爾。

「敵軍退兵的理由有兩個。或許是達成目的，或許是出現了無法維持進軍的損耗。魔族確實遭到不少損耗，但我不認為有到退兵的程度。」

「那麼就是，『魔族達成目的』這個理由了。」

「莉莉說得對，但這樣一來問題就在……」

「魔族的目的是什麼，對吧……那麼，蕾菲，妳推測的答案是什麼？」

「聯合軍現在的不利在於軍隊損耗，以及勇者初美閣下下落不明。既然軍隊損耗難以稱為完好無損，那麼魔族的目的十之八九就是勇者初美閣下了吧。」

蕾菲爾的回答近乎斷定。聽見這個答案，翡露梅妮雅神情有些動搖。

「那、那麼意思是水明閣下失敗了？蕾菲爾是這麼預想的嗎？」

對完全信任水明的翡露梅妮雅而言，實在無法立刻相信對方會救援失敗。

但是，蕾菲爾搖頭。

「不是，不一定像翡露梅妮雅小姐所言。如果魔族的策略僅是集中於將初美閣下從軍隊中切割出來，那有可能在當時就已經達成目的。既然如此，何時退兵都無所謂吧，再者敵方並沒有放出已經打倒勇者的宣言。她還活著的可能性很高。」

「啊……」

如果魔族打倒了勇者，肯定會高舉勇者首級大肆宣揚吧。這樣一來聯合的士氣就會跌落谷底。然後魔族立刻無視損耗進攻，這才是毀滅聯合軍隊最快的捷徑。

「前提是魔族有耍這種小花招的智慧。」

「他們很狡猾。喜歡趁人之危，因此才會以勇者初美閣下為目標。」

就這樣，蕾菲爾總結對這次魔族策略的預測。

然後，她向詢問自己想法的露梅亞，說出從這段交談裡得出的答案。

「即便此時多少會吃不消，聯合軍也應該穩住並做好準備。如果擔心損耗而恣意退軍，只會讓敵方發現我方弱點，也會影響己方士氣。最糟的是，撤退的魔族可能會反過來進攻。」

「所以，要我這麼說嗎？」

對他們說。露梅亞指著維札等人示意後半句沒說出口的話，蕾菲爾她們點頭。

見狀，露梅亞看向維札等人那邊，然後視線又移回蕾菲爾她們這邊。

那邊的討論依舊如火如荼，也可以說氣氛更加激動了。因為看不下去無論如何都想撤軍的參謀，連原本沉默的蓋亞斯和賽爾菲都插嘴表示立場。

「啊啊啊啊啊啊啊啊啊不要不要不要～讓我加入那邊還不如讓我現在殺進魔族大軍裡……吶，來商量商量？我現在去去就回喔。可以吧？不覺得這是個好辦法嗎？」

對著不斷擺動的許多尾巴，以及眨眼示意毛遂自薦的露梅亞，蕾菲爾煩躁嘆氣。

「為什麼獸人們老是這樣……」

「沒辦法嘛，我們就是這樣的生物嘛。」

「克萊麗莎閣下是特殊的呢……」

「是吧。」

「對。」

莉莉安娜連連點頭附議蕾菲爾。就在她們如此討論時，帳篷入口的布幔突然被人揭開。

「向、向您報告！」

與此同時，有名士兵氣喘吁吁地衝進來。

「怎麼了！」

位於軍議中心的維札立刻反應，聽見他詢問的士兵在調整呼吸後高興回答。

「勇者大人回營了！」

因為這個喜訊，帳篷中紛紛傳來鬆口氣的聲音，緊接著掀起喧鬧聲。維札立刻制止眾人喧譁並再度詢問士兵。

「那麼，勇者閣下平安無事嗎？」

「是，正親自往這邊走。」

這次由蕾菲爾見機詢問。

「勇者閣下一個人嗎？」

「不是，那位穿黑衣的少年也在一起。但似乎由勇者閣下攙扶的樣子……」

聞言，蕾菲爾和翡露梅妮雅站起身。

「他受傷了嗎!?」

「平安無事嗎!?」

被氣勢洶洶逼問的兩人嚇得不知所措的士兵一屁股跌坐在地。即便如此，她們依舊以水明的狀態為優先，毫不客氣地催促士兵回答，後者只得困惑地如此回答。

「咦、啊、沒有。看起來不像是受傷了，但好像也不能說完全沒事……」

「你說話不得要領！說清楚點！清楚一點！」

「這件事情很重要！請振作一點！」

「不要這麼亂來啊兩位。好了，暫時冷靜些。」

露梅亞安慰兩人後，莉莉安娜簡明扼要地做結論。

「先過去吧。」

然後，帳篷內的主要成員們一時中斷軍議，接二連三離開。

❖　❖　❖

離開黑鋼木森林，回到聯合領域的水明和初美到達要塞，正在城壁內部。

初美坐在木箱上，水明直接坐在地上稍作休息。而後，翡露梅妮雅等人終於跑了過來。

看見她們，水明笑著揮手。

「哦～我回來了。」

「歡迎回來，水明閣下，看起來平安無事呢。」

聽見水明歸來的招呼聲，翡露梅妮雅發出鬆了口氣的回應。水明就這麼伸手在她伸在半空中四處徬徨的掌心拍了一下。

另一方面，蕾菲爾則在驚訝中交織著愉快的笑容開口。

「你總是遍體鱗傷呢。」

「這點無法反駁。」

「歡迎、回來。沒事嗎？」

「嗯，雖然累慘了就是。」

水明朝莉莉安娜舉手回應。雖然因為疲勞與魔力不足而無法行動，但受到的傷大部分都回復了。

旁觀的初美突然納悶地詢問水明。

「那些人是誰？」

「我的同伴啊。」

「這樣啊。」

「對啊。」

「……雖然無所謂，但都是女孩子呢。」

「咦？嗯是啊。」

「哼。」

初美話中有話的回答後，視線變得有些可疑。另一方面，水明沒有察覺她那突然轉變的態度是什麼意思，因此露出呆滯的表情。

「怎樣啦？」

「沒有啊，說起來你也太悠閒了吧？說要來幫我結果卻讓我扶著回來，明明這麼不像話。」

「啊？這不是沒辦法嗎？自己走路很吃力啊。」

「真難看。」

「雖然是我自己要去幫妳的啦。但這都是為了誰啊，為了誰？」

「唔……你要這麼說我就無話可說了……」

初美只能對半瞇著眼看過來的水明發出不甘心的低哼。畢竟她原本個性就很認真，所以無法反駁這種正當話語。

此時，由帳篷中出來的第二隊人馬晚了幾步登場。

看見坐在木箱上的初美，賽爾菲撲了過去。

「初美！」

賽爾菲隨著喜悅的聲音抱住初美，後者因為對方突如其來的擁抱而嚇了一跳。

「哇！賽爾菲等等，突然這樣的話——」

「初美……妳平安無事實在太好了。」

「……謝謝，託大家的福我沒事喔。」

聽見賽爾菲高興且放心的聲音，初美也以同樣安心的聲音致謝。

和賽爾菲的對話告一段落後，旁觀的維札和蓋亞斯也開口。

「勇者閣下，歡迎回來。」

「嗯，我回來了。沒什麼比大家平安更重要的了。」

「這下終於可以安心喝酒啦。」

「蓋亞斯總是這樣呢。」

初美附和蓋亞斯緩和現場氣氛的發言，周圍響起笑聲。

另一方面，水明看向他們浮現壞笑。

「喂，我可是好好達成目的囉？」

「…………是嗎？」

「是啊，你真了不起。」

一個表情複雜地移開視線，一個露出了高興的爽朗表情。就在這樣的交談之中，不知何時坐在附近木箱上的露梅亞吞雲吐霧著詢問。

「水明，聽說你是被扶著回來的？」

「沒錯沒錯！請問究竟怎麼回事呢!?水明閣下居然會到了無法行動的地步……」

「的確。只是去找人、卻弄到無法行動，這點很奇怪。」

蓋亞斯接在莉莉安娜後詢問。

「是魔族嗎？」

「難以、想像。」

聽見莉莉安娜的斷定，水明隊裡眾人紛紛點頭。因為她們深知，無論魔族如何群起攻之都無法對水明造成威脅。

蕾菲爾視線轉向水明，似乎知道關鍵。

「那麼，水明？」

「是啊，遇到了強敵。」

「也就是魔族的將軍嗎？」

「嗯？魔族的將軍？」

聽見蓋亞斯的詢問，水明不知為何一副納悶的樣子。看見那樣的他，初美滿是驚訝。

「不是有嗎？你該不會忘了？騙人的吧？不管怎樣也不應該……」

聽見初美愕然的聲音，水明開始動用現在血液循環不太好的腦袋思索。所以說，魔族的將軍到底是指什麼。

他發出唔唔的呢喃聲，仰天、俯首，然後終於想起『確實有這麼一回事』了。

「……啊。啊啊、對啊！這麼說起來是有使用冒牌招式的傢伙沒錯！」

「我說你……」

初美愕然的聲音從旁響起。她大概沒想過水明居然會忘吧。水明只得向按著額頭似乎感到頭痛的她回以苦笑。

因祿帶來的衝擊過大，害他完全遺忘維舒達了。

另一方面，不得水明話中要領的賽爾菲詢問初美。

「那麼，魔族將軍真的現身了嗎？」

「對。我們和魔族將軍戰鬥了。」

「打是打了，但那種小嘍囉沒什麼了不起。問題不在他。」

「居、居然說魔族將軍是小嘍……小嘍囉……嗎？」

因為水明那不把魔族當一回事的說法，藏在斗篷裡的賽爾菲茫然重複。對認為魔族是巨大威脅的她們而言，實在無法理解水明的說法。不只她，就連維札和蓋亞斯都皺起眉頭。

蕾菲爾催促般詢問。

「從你的說法聽起來，是魔族將軍以外的對手把你打成這樣？」

水明點頭並回答「是啊」的同時，這次由初美開口。

「魔族將軍多虧八鍵順利打倒了，但那傢伙馬上就來了。」

「那傢伙是？」

「他說自己是龍人。」

「龍!?」

「妳說龍人!?」

初美好奇的視線移向發出驚呼的維札和蓋亞斯。

「……很糟嗎？」

「妳說很糟……也不是很糟，不對，該說是很糟還是……」

回答的蓋亞斯因為驚愕得解釋不清，既然如此該找誰……初美環顧四周，發現眾人都非常驚訝，只得將視線落在唯一看似冷靜的露梅亞身上。

「唉……龍人啊，那是居住在聯合西北方山脈中的種族，據說擁有這個世界最強韌的肉體。實際上也是強到離譜的生物。雖然是些遠離俗世的傢伙就是了。話說，你真的和那種傢伙戰鬥了？」

「是啊。」

「該不會連他都打倒了吧？」

「怎麼可能，光是要戰成平手就竭盡全力了。」

水明後面接一句「近乎輸了」做為補充，露梅亞則更加吃驚地表示「真的很沒常識呢你」。

交談結束後，水明看向蕾菲爾。

「我想參考蕾菲小姐的高見。」

「我和露梅亞閣下意見相同。龍人很強，而且他們即便與魔族比鄰而居，至今仍能平安繁衍，是擁有即便寡不敵眾依舊能從容戰鬥的力量吧。」

聞言，水明想起因祿現身時對魔族的自言自語。

「啊～這麼說起來，他說魔族是飛蟲呢～」

「是啊……既然有那種實力當然是不得了的傢伙。」

就在兩人回想起當時狀況而深深嘆氣時，賽爾菲開口詢問。

「但是，為什麼龍人會去找初美你們？」

「誰知道？他說要帶走初美，其他的打聽不出來。」

「要、要帶走初美嗎!?」

「說什麼需要勇者的力量，不知道究竟怎麼回事。」

水明沉重搖頭，而維札向他怒吼。

「你這傢伙！為什麼沒問如此重要的事！」

「啥？」

「這可是與勇者閣下相關的要事！你居然說打聽不出來——」

「啊～我受夠了～吵死啦。那又不是憑武力就能硬問出來的對手，沒辦法好吧。啊？還是換你去試試看啊？我可是從頭到尾都處在心靈創傷嘉年華裡耶？那可是龍欸是龍欸！你難道能和可以獨自毀滅世界七十億人口與其創造文明的怪物戰鬥嗎!?啊!?啊!?」

「那、那是……」

水明齜牙咧嘴，雙眼滿是憤怒。而翡露梅妮雅和蕾菲爾對開始發出獸類般威嚇低鳴的他說「噓噓」安撫。

「我是馬嗎！」

「請冷靜下來水明閣下，不像平常的你了喔……」

「怎麼可能不會變得不像！」

「水明，你說話開始亂七八糟囉。那和在你的世界裡戰鬥過的傢伙不同對吧？」

「就算不同，龍就是龍！嗚嘎～！」

「不可以亂來喔水明（緊抓！）。」

「嘎啊啊啊啊啊啊啊蕾菲小姐扁了扁了要壓扁了太大力啦啊啊啊啊！」

水明被蕾菲爾扣住雙肩鎮壓，旁觀者們則因他這副模樣以及剛才說的話而露出困惑視線。

（水明、不像平常的他呢。）

（我想是因為被逼得走投無路了吧？之前也見過類似狀態的水明閣下……）

翡露梅妮雅將水明現在的狀態，與水明初到這個世界時，在謁見廳胡鬧時重疊。他當時也因為不講理的事態而失去冷靜。雖然還留著不讓魔術暴走的自制力，但再怎麼說，當這種時候就會出現與年紀相符的舉動吧。

看水明終於冷靜下來，蓋亞斯見機詢問。

「有問名字嗎？」

「啊、有啊……他自報姓名的時候說叫因祿。」

「因祿啊……」

「嗯？哎呀那個名字好像在哪裡聽過……」

蓋亞斯似乎沒有頭緒，但露梅亞似乎有印象。

而賽爾菲的臉色慘白。

「賽爾菲？」

「……我聽說過。約莫百年前，有個強大到令人心生恐懼的龍人。他當時打倒了所有人都束手無策的『食人魔』。」

「妳說的就是那傢伙？」

「我的師父確實稱呼那個龍人為因祿。恐怕……」

「……哎呀哎呀那傢伙居然是那種對手嗎——是說，百年前什麼的，他還活得真久啊。」

水明吐出厭煩的氣息，而露梅亞像是要回答他似地開口。

「龍人是壽命與精靈和矮人並肩的長壽種族。我也聽過那個食人魔的傳聞，大概那個龍人已經活了一兩百年了吧？」

「欸……這個世界有這麼多長壽的傢伙啊，真是令人心冷。」

翡露梅妮雅詢問抱著肩膀抖了幾下的水明。

「請問長壽不好嗎？」

「我的世界有『活了很久的傢伙大多很不妙』的說法，不妙的傢伙經過百年還是相當不妙。」

「水明閣下如此形容的對手究竟……」

翡露梅妮雅臉色嚴肅這麼呢喃，另一方面，水明則回想起那些長壽怪物們。結社的盟主、議長、妖怪博士，以及墮魔十人（十戒）的魔術師們也一樣，全都擁有恐怖的力量。

話到一個段落，初美突然開口。

「差不多說完了吧？我沒事……」

初美有些客氣地看向水明。發現她的擔心，水明並沒有逞強。

「我差不多想休息了。今天就到這邊，散會吧。」

察覺初美也累了，水明主動要求休息。雖然身為男人說不定應該繼續逞強，但如果由勇者開口要求休息，可能會影響士兵們的心理。

正當水明打算前往休息的地方，準備站起來時，突然感覺身後有人。他想轉頭確認來者何人——

「水明你似乎不能動呢，既然這樣……」

「咦？」

聽見蕾菲爾的聲音後，手突然被人握住，接著身體被人拉起來。經過莫名其妙的迴旋和扭轉後，回過神，自己的身體已經趴在蕾菲爾背上了。

「等、@×○△!?」

「水明，你語無倫次囉？」

「當然會啊！請問您在做什麼啊蕾菲小姐!?」

「因為你看起來移動困難，所以想背你啊。」

雖然很感謝蕾菲爾的體貼，但眼見一個大男人被女生背著，周圍紛紛轉來奇怪的視線。

「別、別這樣別這樣別這樣！放我下來！我沒事所以放我下來！」

「不行。你很累對吧？不要勉強比較好。」

「不管我是勉強還是怎樣，被女孩子背也太難看了吧！」

「那也沒辦法，誰叫你用光了力氣。」

「那又不是我的錯……」

正當水明想反駁時，突然聽見露梅亞漏出竊笑聲。

「嘻、嘻嘻嘻……」

「等、那邊的不准笑！」

「因為、啊……」

「因為個頭啊！還有梅妮雅妳又在笑什麼！」

「就算這麼說，但水明閣下如此心慌意亂的樣子實在罕見。嘻、嘻嘻嘻……」

翡露梅妮雅雖然被水明指責依舊露出了溫柔笑容，完全沒打算替他說話。

然後，莉莉安娜對無法忍受的水明說。

「水明，接受他人好意、也是大人的肚量喔。」

致命一擊總是來自天真單純的話語。領悟自己終究無法逃避被背這個結局的水明，只能憤恨大叫。

「可惡啊啊啊啊啊啊啊啊啊啊！妳們都給我記住啦啊啊啊啊啊啊啊！」

在那之後，在要塞休息一天的水明等人，踏上回穆贊的歸途。

第二章　尋求英雄的武器

從帝國與第三皇女葛萊茲艾拉・斐樂絲・萊瑟爾頓一同啟程的黎二等人，抵達了瑟狄鄂司聯合自治州。

位於北部最西邊的自治州，是有著如同南美洲智利般的狹長領土，一塊面海的地方行政區。

瑟狄鄂司聯合自治州這複雜的名字，源自這個地域由古至今的行政問題，還有暴君興起等等因素，導致其反覆加入、脫離聯合，所以名稱才這麼不穩定，現在則由聯合宗主國穆贊賦予自治權的議會管理地區行政。

黎二等人在國境轉乘救世教會準備的馬車，正在前往自治州中心名為阿提拉的都市。馬車之後跟著厄斯泰勒的三位騎士，以及身為葛萊茲艾拉部下的幾名帝國軍人。

黎二等四人坐在馬車上。他們曾和葛萊茲艾拉敵對過，離開帝國前雙方感情絕對稱不上良好，但現在——

「聽我說啦～！之前在帝國謁見的時候，皇帝陛下狠狠瞪了我喔！明明我什麼都沒做，不覺得這樣很過分嗎？」

「完全同意。他不管對誰都像那樣以武威壓迫，至少對家人和親信應該多少收斂些才對。而且搞什麼，居然把這種任務硬推給我？明明平常不怎麼聽女神和教會的話，就只有在這種莫名其妙的時候才會聽取其他傢伙的諫言。情緒不穩也該有個限度吧？」

「還有那個誰！赫德里珥士公爵？那個人也很壞！設陷阱給人跳、抓人質，還為難黎二同學！」

「哼，偏偏這些大人物沒一個中用。」

「對吧～！」

……不知為何，馬車中的瑞樹和葛萊茲艾拉開啟了抱怨大會。他們嘴裡的抱怨對象大多是涅爾斐利亞皇帝和赫德里珥士公爵，最近就連葛萊茲艾拉都算在所謂的『不中用』範圍裡了——先不提這個。

嘰嘰喳喳的喧鬧配合馬車的移動聲響不絕於耳，蒂塔妮雅以想保持距離的視線看著情緒高漲的兩人。

「……瑞樹她，意外是個無畏的女孩子呢。」

坐在隔壁的黎二對她彷彿自言自語的聲音有所反應。

「真的，畢竟她當著那位的面抱怨呢。」

「確實如此，但我更驚訝的是，她已經能和葛萊茲艾拉殿下以對等的身分交談了……」

瑞樹現在的交談對象可是貨真價實的皇族。雖然葛萊茲艾拉事先說過不用客氣，但一般來說，短期內應該還是會使用相應的敬語，說話時也應該會有所躊躇才對。

之所以沒有這方面的顧慮，從某個角度來說是因為她無知吧。由於是現代的女高中生，無法完全把握所謂不敬罪名究竟有多麼荒謬。

但基本上……

「瑞樹她啊，和誰都能相處得很好喔。該說是馬上就能抓到距離感嗎，還是該說不會讓對方覺得不禮貌呢？這是瑞樹的優點之一。」

「也知道缺點了呢。嘻嘻嘻……」

「哈哈哈……是啊。欸……很辛苦喔各種方面來說。」

黎二乾笑著回應蒂塔妮雅的笑。因為只要提到瑞樹的缺點，直接回想起的就是那個，突然就覺得累了。

另一方面，蒂塔妮雅發現彼此指的似乎不是同一件事而詢問。

「難道，黎二大人說的是之前聽過的，名為中二病的重疾嗎？」

「是啊，那是很恐怖的病喔。瑞樹病得很重。除了講些莫名其妙的話以外，還會招致不得了的危險。」

「您說、危險？」

「對。就像遠處蝴蝶拍翅帶起的空氣波動，到了這邊就會變成暴風侵襲一般，瑞樹所說的話會給周圍帶來奇怪的影響，並在乘以數倍後反彈回來。」

「即便聽不懂您的意思，但總覺得知道您想說什麼。」

「嗯。水明說那是認知偏誤引起的一種詛咒，經由傳達的詛咒與恐怖的螺旋重複什麼的。」

「水明說的嗎？」

「水明一開始也會滿臉認真地講些我聽不懂的話。不過有問題的不是瑞樹而是她話裡的真實性，水明說會發生奇怪的事情後我們確實碰上了危險。」

「……黎二大人，那個所謂的危險，難道其實不是水明造成的嗎？」

「從某個角度來說可能是吧。瑞樹占四成、我的多管閒事占四成，水明是剩下那兩成吧……」

「…………」

黎二將視線投向窗外的遠方。望著他充滿哀愁的模樣，蒂塔妮雅說不出話。

此時，不知何時停止抱怨的瑞樹笑著靠近黎二。

「吶、黎二同學。你剛才和蒂雅說了什麼？」

「咦？不、沒有啊，沒特別說什麼。」

黎二完全沒想過對方會問。就在他後悔自己的得意忘形時，還遭受了背叛。

「稍微聽黎二大人說了些瑞樹的過去喔。」

「蒂、蒂雅!?」

「黎～二～同～學，你知道我有很多不想說的過去對吧！對吧！」

「但那些大半都是妳自作自受……」

「就算說不定是這樣！就算說不定是這樣！」

瑞樹按住黎二雙肩，好像想把他弄暈般激烈搖晃。正當她做出這種可愛的報復時，葛萊茲艾拉加入交談。

「哦？我對瑞樹的過去有興趣，也告訴我吧，感覺很有意思。」

「葛萊茲艾拉小姐不用問那種事！」

「怎麼？這是排擠我嗎？」

「不是那個意思！啊啊、夠了！全都是黎二同學的錯啦！」

瑞樹窘迫大叫，並急得在馬車內揮舞雙手。結果安慰她的還是身為元凶的黎二。看著這樣的情景，葛萊茲艾拉露出笑容。

「在這裡都不會膩呢。」

「您說得沒錯，因為兩位都是開朗的個性。」

蒂塔妮雅笑著同意，然後表情倏地轉為認真。接著，她望向依舊看著黎二等人的葛萊茲艾拉詢問。

「不過這樣好嗎？葛萊茲艾拉殿下。」

「哪樣？」

「關於您和我們一起行動此事。」

「我應該告訴過妳這是女神的命令非我所願了吧？」

「不，即便如此，我想問的是，帝國現在的情勢下，您適合離開帝都嗎？」

聽見蒂塔妮雅拐彎抹角的提問，葛萊茲艾拉驚訝似地聳肩。

「他國公主居然會擔心我國情勢。蒂塔妮雅殿下應該不至於掌握了帝國的弱點吧？」

「在魔族勢力擴大的此時，人類之間的對立或不和非常愚蠢。同盟國的危機與自國的危機息息相關。」

「的確。」

「所以？」

「是啊，坦白說我並不想離開。那個莫名其妙的騷動後惡徒們雖然減少了，但無法否認有力貴族的減少等同於帝國戰力的衰弱。即便不是這樣，我們與周邊各國的關係也不好。」

「葛萊茲艾拉殿下之前還擅自來到厄斯泰勒領內呢。」

「雖然那可能算是擅闖，不過實際上是必要的吧？因為那些魔族事先被打倒了，才會把帳全算到我頭上。」

確實如她所說，厄斯泰勒與涅爾斐利亞是同盟國，如果當時雙方一同與魔族軍隊戰鬥，葛萊茲艾拉的行為便會廣受稱讚吧。

即便會由於沒有獲得許可而被指責過於武斷，但這若是為了恢復帝國最近的評價而下的賭注，那就並非壞事。

葛萊茲艾拉對蒂塔妮雅毒辣的說話方式如此回嘴後，將視線移向帝國的某個方位。

「……我有所憂慮。現在能夠前往戰場的貴族減少，如果魔族大舉進攻帝國，對我等而言將是沉重打擊。更何況在這種情勢下同盟國還可能無動於衷。」

「也就是帝國將在不得已的情況下孤軍奮戰嗎？」

無法獲得他國協助造成的困擾，不僅是無法期待援軍而已，也會失去在各處建立後勤的優勢，在物資與情報等等援助都停滯的狀態下，對戰鬥將是一大沉重打擊。

帝國領土寬廣，來自他國的支援可以說十分重要。

「到底是誰在暗地裡操縱這一切……」

聽見葛萊茲艾拉這句煩惱話語，黎二腦中突然浮現一個男人。

──赫德里珥士公爵。

回想起坐在宅邸辦公桌後的那個男人，黎二當場整個人陷入靜止狀態。是因為預感一閃而逝嗎？瑞樹因為他突然動也不動而納悶詢問。

「黎二同學，怎麼了？」

「沒事……」

即便這麼回答，黎二也在思考。

對，說不定。說不定是這樣。赫德里珥士暗自出手，操縱自己一行人的動向，不是沒有這個可能。

如果是這樣，水明那時對於赫德里珥士向葛萊茲艾拉洩漏魔族侵略情報的推測就很正確了。即便魔族全滅在意料之外，但因為赫德里珥士原本就將水明當作誘餌來用，他應該能預想到就算克雷葛力給出避難指示，但自己卻硬要回到厄斯泰勒的情況，如果在那時讓自己和葛萊茲艾拉見面，再結合人質這件事，之後要求自己前往帝國就會很順理成章了吧。

但如果是這樣，與葛萊茲艾拉併入自己一行人這點就不合了。

赫德里珥士要自己前往帝國牽制、監視葛萊茲艾拉的動向。如果按照他的想法，自己為了監視葛萊茲艾拉的動向勢必會留在帝國。

然後赫德里珥士再想辦法向教會施壓、調動葛萊茲艾拉，但這樣感覺與上述行動沒有一貫性。

一旦葛萊茲艾拉成為同伴，自己就能自由行動了。要是自己和葛萊茲艾拉一起行動就是他的計畫自然另當別論，但這樣實在太迂迴了。如果要向教會施壓，還不如單純讓葛萊茲艾拉加入自己的旅程就好。

再者，葛萊茲艾拉會成為同伴還是因為女神的神諭。

「救世教會和，赫德里珥士公爵……」

因為聽不出黎二突然低喃的話有什麼關聯性，瑞樹再度詢問。

「他們怎麼了嗎？」

「我們現在會像這樣在這裡，是不是因為這兩者的推動。」

「請問這是什麼意思？」

「就像葛萊茲艾拉殿下剛才說的，如果我們的行動受人控制，我認為至少和這兩者有關。」

聽見黎二回答蒂塔妮雅的話，這次換葛萊茲艾拉詢問。

「你是說救世教會和赫德里珥士公爵聯手做了什麼嗎？」

「不，我覺得這部分難以想像，否則事情應該不需要這麼迂迴。」

「呼嗯……」

聽見黎二的話，葛萊茲艾拉摸著下巴。因為這件事和自己相關，所以無法不再三沉思吧。

另一方面，蒂塔妮雅說出自己的看法。

「赫德里珥士公爵的領地與帝國相鄰，應該很歡迎帝國被孤立吧。」

「哦？妳對自國領主的評價真是無情呢？」

「我討厭那個男人。」

「因為輸了嗎？」

「唔！」

被葛萊茲艾拉說中心事，蒂塔妮雅發出不像她的呻吟聲。而旁觀的瑞樹想起了曾經聽過的話。

「蒂雅輸了？啊、這麼說起來露可小姐之前好像也說過類似的話……」

「什麼都沒有！請不要在意！」

手忙腳亂拚命扯開話題的一國公主。雖然怎麼看都很不體面，但瑞樹似乎對這個話題沒多大興趣。

「但是，如果真的是那樣，那為什麼要做這些事呢？教會調動我們不難理解，但赫德里珥士公爵……」

「我也不知道。關於這些，有必要和水明討論吧。」

「說得也是。果然水明同學不在不行呢。」

果然需要在三人中身居智囊一位的水明嗎？聽見黎二和瑞樹相互確認此事，葛萊茲艾拉開口詢問。

「話說回來黎二，你很看重那個男人呢。」

「那個男人是指水明？嗯，算是吧。」

「水明同學在遇到麻煩的時候很可靠，還會提出我們想不到的意見。」

「一般會焦急的時候，水明也很冷靜喔。」

「相反的是他會在奇怪的時候心慌意亂或顯得遲鈍呢……」

如果不是這樣……瑞樹浮現苦笑並嘆氣。

另一方面，葛萊茲艾拉似乎想和蒂塔妮雅說悄悄話般貼到她耳邊。

（黎二和瑞樹不知道那傢伙有多強吧？）

（是的。但重要的時候老謀深算這點，他們似乎知道。）

（過於多管閒事所以無法完全隱瞞了吧。天真的男人。）

（水明的行動之所以經常不穩定，恐怕是因為他夾在想做的事情和不得不做的事情之間吧。如果這麼想，就能與他至今為止的行動有所吻合。）

（哦？）

（不過大半還是因為笨拙吧。）

蒂塔妮雅說出對水明的感想後，突然發現葛萊茲艾拉正用奇怪的視線看著自己。

「……怎麼了？」

「沒什麼，我只不過在想妳說話會這麼刻薄，是因為也輸給了那個男人嗎？」

聽出葛萊茲艾拉話語中對自己不服輸的暗示，蒂塔妮雅羞恥地紅著臉大叫。

「──我才沒有！」

「果然嗎？哎呀哎呀，和外表不相襯，相當好強呢蒂塔妮雅殿下。」

「葛萊茲艾拉殿下也沒資格說我吧！結果妳還不是輸在水明的計策之下！」

蒂塔妮雅難掩羞恥地回喊。雖然從結果來看兩邊都因為輸多贏少而火大，但兩邊都不想承認的樣子。

就在兩人如此交談時，蒂塔妮雅察覺黎二和瑞樹用同樣的表情偷看著這邊。

「……怎麼了嗎瑞樹？」

「沒有啊。想說妳們意外感情很好呢。」

「我才沒有和葛萊茲艾拉殿下感情好！」

「沒錯瑞樹，別搞錯了。我沒有和蒂塔妮雅殿下搞好關係的打算。」

雖然兩人異口同聲這麼說，但旁觀的兩人似乎已經深信不疑。

「因為嘛——」

「對吧？」

蒂塔妮雅對開心地相互認可的黎二和瑞樹喊道。

「連黎二大人都這樣！」

「……這可是蒂塔妮雅殿下的錯哦，要不是妳提出那個話題，事情也不會變成這樣。」

「裝什麼被害人！妳也喋喋不休地說了一堆不是嗎！」

「妳說什麼？」

「就是這樣！」

兩人看似仇視般相互威嚇。

……結果，一直到車夫通報已經到達救世教會時，馬車中都是蒂塔妮雅和葛萊茲艾拉吵鬧的聲音。

❖　❖　❖

早在要來之前就向救世教會派出了使者，所以到達後一切都很順利。

黎二等人要找的勇者遺物似乎放在教會以外的地方，向身為教區長的主教打過招呼後，他們再度坐上馬車移動，最後來到的是離街道有段距離的巨大神殿。

以數根巨大石柱為裝飾，裡頭有座大理石製的建築物，其內部設置了圓形廣場。看上去像是希臘的帕德嫩神殿與羅馬的萬神廟的綜合體。

接近後彷彿會被那股魄力壓制，沒有例外的，瑞樹有如親眼目睹世界遺產般，發出大大的感嘆聲。

「嗚哇～好厲～害！」

看見瑞樹像小孩子一樣跑出去，蒂塔妮雅說出宛如母親對幼童的臺詞。

「瑞樹，這樣跑來跑去會跌倒喔？」

「沒問題的！水明同學鞋好像是超高品質，有超過原本世界帆布鞋的舒適和性能！跳來跳去也沒關係！妳看！」

瑞樹指著不知道用什麼動物皮革做的鞋子，然後展示般跳了跳。蒂塔妮雅驚訝過後浮現溫柔笑容往神殿前進。

黎二也晚了幾步，和葛萊茲艾拉以及隨侍的騎士們一起走來。到達入口時，已經能看見幾位穿著救世教會修道服的教士列隊等待。

因為事先聯絡過了吧，代表修女從歡迎的行列中走出。

「幸會，我是負責管理這座神殿的法伊蕾。歡迎勇者大人、異世界的客人，以及兩位殿下的蒞臨。」

女性說出了見面的招呼並行禮，接著取下戴著的斗篷連帽。

從斗篷中展現出的是白皙的肌膚、白色的頭髮，以及尖尖的耳朵。是位有著綠色雙眼和粉色唇瓣，看上去清麗但有股嬌豔氣息的精靈。

外表看似二十歲後半到三十歲之間。雖然打扮安貧若素，但血色良好的唇瓣嫵媚而醒目，有種遠離塵世的魅力。

在後頭的瑞樹發出「好漂亮～」這種帶著熱切的感嘆時，黎二往前一步對法伊蕾的招呼予以回禮。

「我是遮那黎二，感謝您今天在百忙中抽出時間。」

「非常感謝您的禮貌周到，勇者大人。但是，我們並沒有很忙喔？」

「這是社交辭令，還請慷慨接受。」

黎二對露出惡作劇般笑容的法伊蕾回以爽朗笑容，而後方的葛萊茲艾拉無視那樣的他開口。

「原來如此，很討人喜歡呢。」

「沒辦法啦黎二同學就這樣，他不管對誰都是那種標準的爽朗對應。」

就在葛萊茲艾拉和瑞樹交換著這樣的感想時，法伊蕾引導著黎二往前走。應該是要邊走邊說吧。

接著進入的神殿內部昏暗，光源只有來自天花板附近的採光窗落下的陽光。幾絲光線照在略帶灰色的石壁上，幾乎可以看見漂浮的塵埃。有種所謂早晨教會的氛圍，是會讓人感到神聖的構造。

一邊走，法伊蕾主動提起正題。

「聽說您們來此的目的是取得遺物。」

「是的，還請務必讓我使用。」

「雖然交遞給您們沒有問題，但我不知道黎二大人尋求的遺物，是否能夠成為黎二大人的助力。」

「關於這點，我已經從艾爾．梅黛的勇者艾力歐特那裡聽說了，遺物會選擇主人對嗎？」

「是的。至今為止，無人能讓勇者大人留下的遺物成形，因此我們也不知道能否派上用場……」

「沒關係，請先讓我試試看能不能使用吧。」

聽見黎二禮貌的請求，法伊蕾肯定回應。另一方面，葛萊茲艾拉環顧內部並浮現詫異表情。

「這裡有那種東西？」

聽見她懷疑似的話，蒂塔妮雅詢問。

「葛萊茲艾拉殿下知道這裡嗎？」

「以前來訪過一次。上次也是讓我像現在這樣看看裡面，但沒什麼有意思的東西。也就是說不讓我看重要的東西嗎？」

葛萊茲艾拉這麼說著，不滿地癟了癟嘴。如果水明在場，應該會吐槽「因為是重要的東西啊呆子」。

姑且不論這些，蒂塔妮雅也環顧周圍觀察內部。

「確實，我也覺得好像什麼都沒有……」

「是的，這裡什麼都沒有。保管遺物只使用了裡面一些地方而已，神殿就是各位看到的這樣。」

「嘿～簡單來說就是大型儲藏室。」

「瑞樹妳說得太隨便了……」

聽見瑞樹和小學生差不多的感想，蒂塔妮雅似乎感到傷腦筋般發出疲憊的聲音。

另一方面，毫不在意的瑞樹向法伊蕾拋出單純的疑問。

「法伊蕾小姐，這裡很漂亮，請問是多久以前建造的呢？」

「打倒暴君之後就建造了。因為當時有必須馬上進行封印的東西，於是先建了小型的保管場所，然後才建造牢固的神殿。」

瑞樹過了一會，似乎感到不可思議般納悶詢問。

「您說得好像親眼所見一樣呢。」

「是的，我親眼所見。」

「咦？」

瑞樹發出怪叫，而法伊蕾浮現柔和的微笑。黎二惶恐地對不知心裡在想什麼的她詢問。

「那個，我知道詢問女性的年齡非常失禮……但，請問法伊蕾小姐幾歲呢？」

「雖然沒有好好數過，但不久前應該剛過五百歲。」

「那那那那那麼多嗎!?」

「不、不愧是精靈呢……」

黎二發出驚慌的聲音，瑞樹呆若木雞。雖然來到異世界的時日不淺，但這還是首次目睹活了幾百年的種族，因此兩人無法掩飾驚訝。另一方面，這對葛萊茲艾拉和蒂塔妮雅似乎是常識，兩人波瀾不驚。

「這麼說來，您知道當時的勇者嗎？」

「是的。在我還很年輕的時候曾經見過。」

「請問是怎麼樣的人呢？」

「當時的勇者大人有三位。無論哪位都知識淵博並身懷絕技，就是他們將此地從暴君手中解救出來。」

幾個人終於走到裡面的房間。

「是這裡嗎？」

「不是的，您想要的物品保管在房間更深處。」

雖然法伊蕾這麼說，但瑞樹察覺她話裡的不正確。

「咦，那裡有東西喔。法伊蕾小姐，不是那個嗎？」

「不是的，那個是……」

一邊解釋，法伊蕾拿過放在架上的木箱。當箱子在黎二等人面前打開時，裡面出現了彷彿現代世界才有的懷錶一類的東西。

法伊蕾為方便眾人觀看，將東西拿出來放到黎二手上。

黎二仔細一看，果然是類似鐘錶的東西。描繪著像是羅馬數字般文字的錶盤，加上時針與分針，以及如同彎刀一般彎曲的另一套時針與分針。上頭使用的並非這個世界的數字，是個相當奇異的鐘錶。

「這是？」

「似乎名為時刻之秤（拉刻西斯計量表），當時的勇者大人擁有這個以及聖禮。」

黎二一邊聽著法伊蕾的說明，一邊尋找應該是轉軸的部分。但上頭並沒有讓錶轉動的發條構造。

「我不會轉動它，但請問這個要怎麼用？」

「關於這點……我們也不知道。」

「不知道？沒告訴你們嗎？」

「當時的勇者大人並沒有詳細說明，恐怕這個和我們的世界沒有關係。這個和聖禮不同，在這個世界沒有意義。」

「沒有意義是什麼意思？」

「好像是，這個世界的『世界末日』沒有開始。」

「世界末日沒有開始？」

「是的。」

法伊蕾轉述勇者留下的話語時，用字遣詞很奇妙。世界末日指的是結果概念，並非有始有終的『期間』。並沒有所謂的開始，而用到那四個字時一切已經結束了。

看見黎二等人驚訝的模樣，法伊蕾滿是歉意地開口。

「我也不太了解。勇者大人所謂的世界末日開始，是指世界末日主動襲來，此外都是聽不太懂的單字。結果，我們就歸納成沒有關係無須在意了。」

法伊蕾對於時刻之秤的說明結束。黎二等人判斷繼續追問也沒有意義，向她詢問正題。

「那麼，請問方便讓我看看武具了嗎？」

「關於此事，非常抱歉，前方無法通行。」

是指放置聖禮的地方嗎？法伊蕾指向前方但先行賠罪。看見她矛盾的行動，蒂塔妮雅首先以嚴厲聲音詢問。

「請問這是什麼意思？我還記得您剛才說過的話。」

「這位是救世的勇者，不應予以協助嗎？」

「不，並非不交給勇者大人。只是聖禮被嚴格保管，門上有勇者大人們以魔法施加的封印術。因此，解開封印需要包含我在內的數名專門魔法師，並需要將近半日的時間。」

「所以現在無法馬上通過？」

「是的。準備完就能通過了，但恐怕要等到明日。」

「明日嗎……還真是森嚴。」

葛萊茲艾拉是覺得白跑一趟了嗎？她僵硬的肩頭放鬆下來。大概是想說既然無法馬上交出來的話，今天也沒必要導覽了吧。

見狀，瑞樹開口。

「明明誰都不能用，有必要這麼慎重嗎？」

「當時的勇者大人說過，這是不能存在於這個世界之物，其擁有能夠扭曲世界真理的強大力量。因此，希望不要解析其力量，與暴君的遺物共同封印。」

黎二對法伊蕾這麼宏大，或者可以稱為過度的說明抱持懷疑，並向她詢問。

「那份強大的力量是？」

「我所聽聞的是，冰結萬物之力。」

「將萬物冰結？」

「是的。勇者大人說能夠干涉世界，不存在憑聖禮之力無法凍結之物。其他勇者大人也說只有聖禮是例外。若能符合條件，聖禮是連神都能夠抹殺的武器。」

「連、連神都能夠抹殺？」

「這種說法是否過於自負了？」

聽見法伊蕾的話，葛萊茲艾拉和蒂塔妮雅接連露出驚訝與憤慨的表情。因為她們是活在女神愛爾修娜威望下的這個世界的居民，所以才會覺得抹殺神這句話過分了吧。

法伊蕾如同要袒護勇者般搖頭。

「不，似乎原本就是用途不同的東西。」

瑞樹靈光一閃。

「難道是關於剛才提到的『世界末日』嗎？」

「是的。聖禮是為了迴避末日而造之物，結果，其附帶作用就是成為驚人的武器。」

「那種東西、就在這裡面……」

黎二凝視著通往裡面的門，對前方的武器心馳神往。

能夠迴避世界末日、拯救世界的武器。那種東西就在裡面，自己就要將那種東西拿到手中。

心情激盪同時，浮現了會不會是言過其實的不安。

❖❖❖

解除封印的儀式從今晚開始，因為要持續到明天，所以黎二等人先向法伊蕾道別、再度搭上馬車前往阿提拉的街道。

馬車中醞釀著類似悶熱的微妙激動。這也是正常的吧。聽到法伊蕾那種說明，怎麼可能不興奮，就連一直都很冷靜的蒂塔妮雅也坐立不安地晃著腳。

黎二的興奮也尚未冷卻。畢竟說不定有機會將不得了的武器拿到手，而且還是至今為止無人能夠使用的武器。雖然沒有優越感，但多少會因為自己是特別的而感到高興。

真想趕快拿到手上，真想趕快試試看。就在黎二這麼想而凝視自己的手掌時，突然聽見瑞樹的呼喚。

「吶吶，黎二同學。」

「嗯？瑞樹，怎麼了？」

「我在意法伊蕾小姐剛才說的某些話，黎二同學沒發現嗎？」

「發現？」

對於瑞樹有點賣關子似的詢問，黎二如此反問，而她露出嚴肅表情說道。

「嗯。剛才那個人，法伊蕾小姐給我們看的遺物之一，她說叫做**拉刻西斯計量表**對吧？」

「嗯。沒錯，怎麼了？」

「計量表是我們的世界的語言對吧？英語。而且，我記得拉刻西斯也是外國神明的名字。」

「雖然我不知道是不是神的名字，但計量表確實是英語。」

但這有什麼必須在意的地方嗎？就在黎二這麼想，懷疑地凝視瑞樹時，她似乎發現黎二察覺力不好而著急開口。

「啊……試著好好回想啊，黎二同學。」

黎二照做。到底那個時候發生了什麼？從瑞樹的話裡聽起來，指的是法伊蕾所說的話而非對她的行動有所疑問吧，如此一來就有特定的方向了。

拉刻西斯計量表。她確實這麼說。這點沒有錯。錯的是——

「啊！嘴型！」

黎二因為察覺帶來的驚訝而一下子站了起來。另一方面，瑞樹似乎很高興他終於發現而連連點頭。

「沒錯沒錯。法伊蕾小姐那個時候說了拉刻西斯計量表喔。用英語——也就是用我們的世界的語言。」

「原來如此。那個是瑞樹你們世界的語言嗎……蒂塔妮雅殿下，妳說說看。」

聽見葛萊茲艾拉這麼說，蒂塔妮雅明顯不高興。

「為什麼我必須聽從您的指示不可…………真是的。喇、喇科喜妹達……？」

因為是來自其他世界的語言，這個世界沒有對應的物品和語言。所以她們會直接說出沒有轉換的語言，發音也會因為不習慣而怪腔怪調。

「噗……」

「呵……」

聽見蒂塔妮雅創造出的奇怪發音，瑞樹和黎二忍不出噴笑。

「請兩位不要笑了！真是！」

「抱歉抱歉。」

黎二率直地向覺得丟臉而臉紅的蒂塔妮雅道歉。另一方面，點名蒂塔妮雅的葛萊茲艾拉則露出了不懷好意的壞笑。蒂塔妮雅惱怒地看向葛萊茲艾拉。即便如此，旁觀者卻不會覺得她們兩個感情不好。

先不提這些。

「……是嗎？那麼將這些帶到這個世界的，就是我們的世界的人。」

既然是用自己世界的語言為物品命名的話，當然就是從那個世界帶來的東西了。

黎二得出這個答案，但告訴他這些的瑞樹卻表現出還不用急著得出答案的態度。

「還只在說不定的階段而已。但如果真的是這樣的話？」

當時被召喚的勇者有三名。一個是聖禮的主人，另外兩個聽說是魔法師。既然三人都來自同樣的世界。

「……那就表示我們的世界，有魔法師對吧。」

幾經曲折得出的真實深具衝擊性。黎二想也不想地屏息，自己的世界居然暗中存在著只會在小說中出現的人們。光是這樣想就覺得心情一言難盡。

黎二沉浸於難以言喻的心情中，而隔壁突然傳來不正常的竊笑聲。

「呵呵呵呵呵呵呵呵，好厲害好厲害好厲～害！黎二同學黎二同學！我們的世界有魔法師喔！夢想無邊無際啊（註1）！」

「瑞樹，這個梗好冷啊……」

「沒關係！不要在意這種小事！」

瑞樹因為被指責而氣呼呼地鼓著臉。但果然很高興嗎，表情很快就變回忍不住

註1 出自《超級槍彈辯駁2再會了絕望學園》江之島盾子的名臺詞。

傻笑的樣子。

「這樣一來水明同學就不能說我是中二病了！不如說終於證明我才是正確的了！」

「妳說的是……水明節哀順變。」

馬車裡迴盪著少女的高亢笑聲與少年幾乎聽不見的同情嘆息，而圍觀的兩人反而同情起黎二和瑞樹。

此時，葛萊茲艾拉開口。

「沒想到，當時的勇者會和你們來自同一個世界。」

「好像也有這種事情喔。以我們三個為例，說不定我們的世界的人比較容易被英傑召喚。」

黎二是這麼想，但瑞樹的想法似乎和他有點不同，她浮現一副什麼都知道的表情笑著說。

「但是還不清楚哦？因為還在有可能的階段而已，也說不定是平行世界。」

「巴拉壘魯瓦魯多？」

「嗯。除了我們生活的這個世界之外，還有好幾個同樣的世界、各有不同的未來存在。雖然這個並列世界的我被召喚到異世界，但別的並列世界的我沒有被召喚之類的。」

「唔、嗯…………好難懂。」

「是嗎？也是呢。」

瑞樹對眉頭緊皺、表情嚴肅的蒂塔妮雅回以苦笑。對觀念不發達的世界來說，果然會因為缺乏想像力而難以理解吧。

「但是瑞樹，有這麼多個世界的話，就會有好幾個我哦？怎麼可能會有那種事。」

「我覺得既然都有異世界了，不見得能完全否定哦？」

「這和英傑召喚有關嗎？」

「所以我們被召喚到這個世界這件事很重要哦？畢竟來往其他世界這種事，我認為無論科學再怎麼發展都做不到。」

「呼嗯……」

聽了瑞樹的想法，葛萊茲艾拉似乎多少有所認同。她突然向坐在身邊的蒂塔妮雅低聲說道。

（這種事問那傢伙說不定能知道。）

（說得對。水明大概會知道些什麼吧。不過……）

現在覺得勝過水明的瑞樹，如果知道實際狀況肯定會生氣吧。

瑞樹喊著「絕交啦絕～交！」的情景已經歷歷在目了。

❖　❖　❖

黎二一行人在阿提拉的旅社過一夜，為了拿取遺物，隔天再度到訪保管遺物的神殿。

在昨天法伊蕾帶路到達的房間等了一會，她就到了。

「抱歉讓您久候。」

「不會，請別介意。請問封印解除了嗎？」

聽見黎二的詢問，法伊蕾點頭。

「是的。今天早上全部封印都解除了，隨時都可以進去。那麼，請跟我來。」

法伊蕾這麼說著，做出請的手勢。被她優雅的舉止提醒，蒂塔妮雅突然對跟在後面的騎士們開口。

「你們在外面等。克雷葛力，他們就拜託你了。」

「是。」

聽見蒂塔妮雅的命令，克雷葛力行禮表示了解。另一方面，露可似乎對遺物興致勃勃，興奮地想知道要從哪裡進去，洛費利則安慰她「之後再看吧」。

葛萊茲艾拉也命令跟隨自己的軍人在入口處等候。

見狀，大概是想到了什麼吧。瑞樹想說悄悄話似地靠近黎二。

「克雷葛力先生他們和帝國的軍人們似乎交情沒那麼不好呢。」

「是啊。雖然我擔心過不是同國交情可能不太好，看來是我自尋煩惱了。」

那是自從知道葛萊茲艾拉要和自己同行時滋生的憂慮之一。雖然擔心說不定會吵架，但雙方這部分似乎畫分得很好，直到現在都沒有發生過衝突。

大概聽見兩人的悄悄話了吧，蒂塔妮雅和葛萊茲艾拉也悄聲說道。

「畢竟我們和帝國是同盟國，只是沒表現出來而已喔。」

「跟我來的原本就是輔佐我的親信，長時間從事軍務對此相當熟習。而且厄斯泰勒的騎士中有克雷葛力閣下在，足以好好相處了。」

「啊、啊哈哈……」

看來兩人都好好掌握著內情。既然都提到表面上，也就是實際上內心火光四射了吧。得知這種不想知道的事實，瑞樹發出無話可說的乾笑。

隨著法伊蕾的引導，通過排列著燭臺的走道後，看見了向下的樓梯。

「在地下嗎？」

「是的。要稍微往下走，就在前面。」

聽從法伊蕾的指示走下樓梯後，道路的樣子在途中為之一變。雖然腳下還是跟神殿內構造相同的整齊石子路，兩側卻轉為表面岩石裸露的洞窟般的模樣。

彷彿進入了鐘乳洞般的感覺。眾人跟著法伊蕾繼續走，道路前方有座巨大岩石。

「石窟……是嗎？」

「這裡是神殿中對吧。」

雖然說是神殿的保管場所，卻呈現出完全不同的模樣。對此抱有疑問的黎二開口詢問走在前方的法伊蕾。

「法伊蕾小姐，請問為什麼只有這裡構造不同？」

「關於封印場所，是基於勇者大人們的意圖。好像一旦將什麼都能封印的地方以神殿外觀呈現，就會受到女神神祕性的干涉，使封印術效果減弱。因此，必須放在其他神祕空間內之類的。」

「欸？」

瑞術發出呆滯的疑問聲。她會困惑很正常，確實都是些聽不太懂的話。大概是想法寫在臉上了吧，法伊蕾彷彿看穿了黎二的內心。

「根據勇者大人所言，所謂的封印術無論以怎樣的形式呈現，都會因為原本就是降下抑制神之力的方式這個原因，而與神互相干涉之類的。」

「蒂雅，是那樣嗎？」

「非常抱歉，我也是初次聽說。」

黎二詢問蒂塔妮雅後，也用眼神詢問葛萊茲艾拉。但她聳肩搖頭，似乎同樣不知道。

連理解魔法的她們都不太懂的樣子。

「那麼，請稍微後退。」

聽見法伊蕾的提醒，黎二等人與她保持距離。當法伊蕾在岩石面前低語了什麼話後，巨大的岩石浮出了魔法陣。

腦中突然襲來耳鳴般的聲音。巨大岩石隨著移動的聲音慢慢往裡面挪，不久後移到旁邊。

隨著內部的空氣解放，腐壞雞蛋般的臭味傳來。

「嗚咕……味道好重。」

葛萊茲艾拉因為味道太臭，二話不說皺起眉頭。除了法伊蕾之外，所有人都捏住鼻子或轉過頭。

「這個臭氣是暴君的書籍導致的影響。那本書經常讓周圍充滿瀅氣，使之腐敗。」

瑞樹因為這段非比尋常的話而不安。

「沒、沒問題嗎？」

「是的。外漏氣體已經沒有對人體有害的力量了。」

「太好了……」

黎二在心底同意拍著胸口鬆口氣的瑞樹。另一方面，法伊蕾伸手指向一切的元凶。

「那個就是剛才提到的暴君書籍。」

法伊蕾柔軟指尖所示的書籍有著黑色裝訂，放在裸露的岩層底座上。書籍莫名給人一種毛骨悚然的感覺，光是看著心情就沮喪了起來。仔細看的話，存放書籍的底座雖然是金屬製品，卻有著如同鐘乳石般溶解後滴落的形狀，由此足以窺見書籍的異常程度。

興致被勾起的葛萊茲艾拉走近那本書。

親眼目睹的法伊蕾發出氣勢洶洶的制止聲。

「請等一下！」

「怎麼了？突然這麼聲色俱厲。」

「不，是我失禮了。那是不可觸碰之物，情急之下才提高了聲量。」

「不可觸碰？」

「是的。那是絕對不可觸碰之物。聽說人類一旦觸碰，就會與控制暴君的惡神相連並成為其屬下，此地的惡夢將再度重演。」

瑞樹對法伊蕾的話提出疑問。

「欸？不是打倒並解決了嗎？」

「雖然暴君已死，但讓暴君失去理智的存在似乎沒有被打倒。因為對方是神，並非人類能敵的存在。」

「如果用昨天說明過的聖禮呢？那可是連神都能抹殺的武具對吧？」

「持有聖禮的勇者大人說，元凶在觸手不及之處所以無法打倒。」

「是嗎？因此才封印在此的吧。」

葛萊茲艾拉認同了嗎？她瞥了書籍一眼就回到黎二等人身邊。

如果確實是這麼危險的東西，任誰都會想讓整本書從這世上消失吧。正因為無法做到才像這樣予以封印。

介紹完暴君的遺物，法伊蕾指向另一個底座。

「那便是幾位要找的遺物。」

和用來放置書籍相同的金屬底座，上頭有個小箱子。

大概是書籍的邪氣無法靠近，底座很乾淨，毫無被腐蝕的樣子。

法伊蕾走過去，靜靜地打開箱子。

——果真如艾力歐特所言，裡面放的是裝飾品。

可能是胸針吧？形狀設計成羽毛的樣子，散發著應該是銀製品的金屬光澤。而格外醒目的是，胸針中心鑲嵌的藍色寶石。

「這就是聖禮嗎？好漂亮……」

「藍寶石，像是青金石。」

女性們因為那神祕的藍色光芒而浮現陶醉表情……就在黎二這麼想的時候。

「……怎麼？我臉上沾到什麼了嗎？」

「啊、沒有。我只是在想那個好漂亮啊。葛萊茲艾拉小姐覺得呢？」

「唔，我在意的還是能不能用。」

「…………」

帝國第三皇女殿下好像對珠寶首飾什麼的沒興趣。不說看似裝飾品的外觀，就連那份美麗也毫不介意。話說回來，她的穿著打扮意外地不講究，說不定是不將這方面放在心上的類型。

就像要證明只在意實用性般，葛萊茲艾拉詢問法伊蕾。

「只有這個嗎？」

「是的。只有這個留了下來。」

「如果還有其他能用的東西，我希望可以帶走。」

聞言，法伊蕾搖頭。

「勇者大人們使用的多是我們無法使用之物。即便有留存下來，也無法使用吧。」

「這樣啊。」

「和我們使用的魔法不同，是非常高等的技術。聖禮似乎就是當中技術最高的物品，也是唯一可能被他人使用之物。」

聽見內情後，黎二詢問。

「那麼法伊蕾小姐，請問這個該怎麼用……才會變成武器？」

「我也不太清楚，但勇者大人讓聖禮從裝飾品狀態轉為武器時，是將聖禮拿在手中並說了什麼話。我想，那些話恐怕就是讓聖禮覺醒的關鍵……」

「是什麼話？」

「非常抱歉。」

蒂塔妮雅詢問深深鞠躬謝罪的法伊蕾。

「您道歉是因為沒聽到嗎？」

「聽到了，但聽不懂。似乎只有使用者才知道怎麼發音的樣子。」

「這樣不就沒人能用了嗎？」

「勇者大人說過，使用者會懂。先試著拿在手裡如何呢？」

法伊蕾這麼說著，拿起聖禮走到黎二身邊。他懂。也就是武具的選擇對吧。是武器本身具有意識呢，還是要符合條件者才能使用這點不得而知，反正先照法伊蕾說的試試看吧。

就在黎二正要往法伊蕾那邊走的時候，突然聽見瑞樹的聲音。

「黎二同學！」

「什麼事？」

「先讓我試試看嘛~……怎麼樣？」

「欸……欸!?」

「不行嗎？」

「嗯……可以是可以啦……」

黎二嘴裡這麼說但樣子很不積極，他會這樣是因為瑞樹前科累累吧。當然，寫作前科唸作中二病。總之，瑞樹得到同意後發出了「好～耶！！」的高興歡呼。

葛萊茲艾拉靠近浮現苦笑揮著手的黎二。

「這樣好嗎？」

「不給的話，瑞樹肯定會鬧彆扭。」

「如果瑞樹獲得所有權怎麼辦？」

「那就只能要瑞樹加油了吧？」

「呵呵呵，明明來這裡是為了尋求你的力量，要是變成瑞樹的東西你可是很沒面子哦。」

「您似乎很高興。」

「因為那樣一來你就會成為笑柄了。」

葛萊茲艾拉看起來很愉快。另一方面，聽見兩人交談的蒂塔妮雅，臉色嚴肅地走了過來。

「葛萊茲艾拉殿下，您打算嘲笑黎二大人嗎？」

「好恐怖的臉。妳擺出那張臉讓黎二很害怕哦？」

「欸!?黎二大人我的臉很恐怖嗎！」

「不，我──」

根本沒有害怕，蒂塔妮雅被葛萊茲艾拉捉弄了。

「葛萊茲艾拉殿下！」

「等等啦大家不要忘了我！現在要讓傳說的武具覺醒囉！好好看這邊啦！」

瑞樹因為自己不被注意而跺腳，但表情很快就轉變，彷彿拿到了能夠征服世界的祕寶的反派一樣，流露出陰森的笑聲。

雖然一眼望去有些可怕，但法伊蕾臉上浮現了溫柔笑容，那是彷彿看著夢想成為勇者的小孩子般的眼神，以及沉穩且柔和的慈母笑容。

瑞樹握住法伊蕾遞出的聖禮，然後──

「嘿嘿嘿，聖禮啊！回應我的聲音！」

──沒有反應。

「我懂！我都懂！哼！哼！」

即便瑞樹舉著聖禮大叫，聖禮依然動也不動。

總之看來能夠避免瑞樹的中二病再次覺醒了。取而代之的是瑞樹雙眼含淚，一臉不甘心地鼓著臉頰，雙手抱住膝蓋縮在底座角落。

「那麼，這次輪到黎二大人。」

「嗯。」

在蒂塔妮雅的催促之下，黎二從瑞樹手上接過聖禮。剛好可以收在掌心的大小，因為是金屬製品所以能感覺到涼意。

但是，即便掌心傳來涼意，也能感覺到另一股說不清的力量。和熱感有所不同，也無法斷言是魔力。不可思議的脈動。和初到這個世界學習魔法時感覺到的全能感有所不同，該怎麼說才好，有些難以言喻。

（光是看著，力量就湧現出來……）

沒錯，這是、這道光芒是，希望。是希望之光。無論身在多麼絕望的深淵中，這都會帶給看見之人活下去的力量，是能夠讓人看見明天的美麗蒼藍燈火。

現在，自己就要解放這份力量、將這道光芒納為己有了。然後用這份力量打倒魔族，為這個世界帶來和平。

能夠實現這份心願的話語，現在尚未浮現。但是，如果是要衝口而出的話，或許……有著這樣的預感。

相信那個預感，黎二舉起聖禮，張開嘴巴。

——不，應該說準備張開嘴巴的時候。

正後方，石窟入口處突然響起足以震動整座石窟的巨大破壞聲。

反應過來的在場全員回頭看向入口，那裡瀰漫著飛揚的細沙與塵土。沙塵撲面而來。眾人各自保護住口鼻瞇眼望去，在塵煙滾滾的視野清晰之前，有隻手腕撥開煙霧伸了出來。

那裡走出一個男人。

是個厭煩地揮手驅散沙塵的高個子。鵝蛋臉上有著難以形容的美貌，嘴邊如同塗抹胭脂般鮮紅，一眼望去可能會錯認成女性，但從敞開的上半身露出的結實胸膛來看，確實是男性。四肢和身體纏著幾層應該是銅製的粗鎖鍊，細長手指有著如同獸類般的尖銳長爪。

雖然和法伊蕾一樣是白髮，但耳朵是圓形，並非精靈的尖耳。眼睛如血般暗紅，醞釀著難以言喻的毛骨悚然。

藉由身高優勢，男人以紅眼睥睨黎二等人。投射過來的眼神中毫無慈悲，宛如看著死物般透徹。因為這樣，身體彷彿被緊張的絲線束縛住般無法動彈。這點好像大家都一樣，所有人都浮現驚訝的表情僵在原地。

在謎之男人凍結視線的束縛下，法伊蕾首先開口。

「……我記得下了任誰都不可進來的嚴令。」

「好像是吧。所以我才會像這樣硬闖進來。」

「你、你說硬闖……？」

「字面上的意思。」

「你這傢伙是什麼人？」

聽見葛萊茲艾拉突然發出的詢問，男人倏地笑了。如同聽見什麼樂事般的笑容……或者應該說，不禁失笑更為準確。

「有什麼好笑？」

「問我的名字嗎貢品們，區區『食物』居然膽敢問我的名字。」

「你、你說食物？」

「沒錯，就是食物，你們這些人類全都是食物。不分男女老幼，全都是放養的豬。貢品。」

男人大言不慚且恬不知恥地吐出傲慢的臺詞。但放在平常會一笑置之的胡說八道，現在卻不知為何讓人堅信的確屬實。

是魔族嗎？雖然那樣的想法掠過腦海，但感覺不到魔族擁有的力量。眼前的男人怎麼看都是人類。

但是男人瞳孔映出的紅光，向自己顯示出這個男人絕非普通的人類。到底是什麼？就在黎二懷疑男人的存在時。

「——我叫伊爾薩魯，受魔王納庫夏德拉**幫助**的魔族將軍之一。」

聽見這句話的同時，全員都像是彈開般後退、拉出距離。就算是還沒習慣戰鬥的瑞樹也一樣。所有人確實都往後彈開了。

因為伊爾薩魯釋放出的強烈武威。

魔族將軍這句臺詞和眼前的男人難以結合，似乎無法完全相信這個事實般，法伊蕾低聲詢問。

「魔、魔族的將軍……？不對，更重要的是為什麼會來這種地方……」

沒有人回答這個問題，只有透出膽怯的聲音迴響在虛空中。此時，葛萊茲艾拉想起什麼似地說。

「慢著，你這傢伙把神殿裡的人怎麼了？」

「哦，那些傢伙的話，倒了喔。雖然吃掉幾個，但幾乎都是隨便應付而已，說不定還有活口。」

「吃!?」

「你說吃了？」

聽見伊爾薩魯說出的衝擊性話語，葛萊茲艾拉和蒂塔妮雅驚訝地拔高聲音。看見兩人的表情，伊爾薩魯露出「很高興你們理解」的表情。

「有什麼好驚訝？我剛才不是說過，你們這些傢伙全是食物嗎？」

「你是吃人的魔族嗎？」

「沒錯。雖然嚴格說起來不算魔族……不過這種事對貢品來說無所謂。重點是，這裡應該有叫做聖禮的東西才對？」

看過來的視線銳利。彷彿被命令一般，黎二的視線看向手中。就在覺得糟糕的時候已然太遲。

伊爾薩魯認定聖禮就在黎二手上。

「是那個嗎？我聽說是武具，是那傢伙預測失誤了嗎……？算了，把那個交出來。」

「不，不能給你。」

黎二這麼說，拔出奧利哈鋼劍往前一步。

「要和我打嗎？貢品。」

「我是勇者。勇者黎二。」

「哦？你這傢伙是勇者？這麼說來確實能感覺到女神的力量。」

那種力量是能感覺到的嗎？就在黎二如此驚訝時，伊爾薩魯接著說出無法忽略的話。

「……不過，看樣子還沒完全熟悉。要吃還有點太早了。」

伊爾薩魯的咕噥讓人戰慄。無論哪種生物都潛在對獵食者的恐懼。對方有著人的外表，卻只把人視為食物。勒賈斯確實很強，當時也心懷恐懼；但是，和從眼前的伊爾薩魯身上感到的恐懼本質有所不同。

黎二回想起幼時在書上看過的妖怪故事。書上描繪的妖怪大多長相滑稽，都是些不知道為什麼應該害怕的模樣，但偶爾突然出現的『吃人妖怪』卻讓自己感覺特別恐怖。

就和那個一樣。就算是人類，對捕食者的天生恐懼比對其他東西更加筆墨難以形容。

在黎二因此有點發抖時，蒂塔妮雅展開行動。

「黎二大人，由我支援！」

「知道了……瑞樹！妳盡量退到後面！這個魔族很危險！」

「嗯、嗯……」

確認瑞樹後退，黎二踏入伊爾薩魯的攻擊範圍內伺機而動。

此時，後方傳來清麗的詠唱。

「——木啊。其為壓縛吾敵、生自森羅大蛇。此刻聽從吾意，消滅不合理之人。堅蛇捆殺。」

低誦咒文釋放鍵言的瞬間，伊爾薩魯周圍地面竄出常春藤般的粗壯樹幹。是木屬性的魔法。包覆周邊成長的樹木猶如大蛇蜿蜒起伏，纏住了伊爾薩魯的手腳和身體。

相當強力的魔法。樹木依舊在成長茁壯，不只是要捕捉對象而是要直接壓死、攪為已有般追了過去，這個數量很難甩開。最後，伸長的樹幹相互纏繞、形成一棵巨樹。伊爾薩魯的身影消失在其中。

而行使這個魔法的人。

「法伊蕾小姐⁉」

「我也能夠戰鬥。我會支援您，請趁現在——」

「——這種垃圾不如的支援算什麼支援。真的認為區區木頭能把我怎樣嗎？」

有些模糊的驚訝聲音響起。那道聲音屬於現在應該在樹幹當中的伊爾薩魯，精靈可靠的強力魔法已經將他打入了地底。

瞬間，雷鳴在洞窟內轟然落下，突如其來的紅色閃電撕裂樹幹。

伊爾薩魯從容地扭著頭從裡面走出來。

彷彿什麼事都沒有一般。

「——怎麼會？」

「沒有用……」

法伊蕾驚訝的聲音與黎二焦急的聲音重疊。接著，不再慵懶的伊爾薩魯以如同就任無聊工作般的詫異表情開口。

「首先是妳這傢伙。」

「欸——？」

伊爾薩魯視線轉向法伊蕾的同時，揮動了盤在腰間的銅製鎖鍊。鎖鍊無視一切質量與運動法則，伴隨著紅色閃電直直朝法伊蕾襲去。

「──木啊。以其萌芽之力守衛吾身！微林屏障！」

法伊蕾身前長出幾根粗壯的樹幹斜斜朝著天花板上升。樹木的枝幹渾厚，不只有重量，還是由高密度的魔力所構成，因此感覺比看到的還要堅固。然後，由於生長的木壁傾斜，特別能夠防禦來自正面的攻擊──才對。

「說過了，區區木頭而已。」

纏繞著紅色閃電的鎖鍊，如同沒有遇到任何阻礙般突破樹幹。然後刻不容緩地將法伊蕾五花大綁。

之後的事發生在瞬間，她連反應的時間都沒有。被鎖鍊綁住的法伊蕾，隨著伊爾薩魯揮舞帶有紅色閃電的鎖鍊飛在半空，多次擦撞周圍岩壁，最後被拋了出去。在岩壁間撞來撞去的法伊蕾就像皮球一般，彈飛到黎二等人後方。

「法伊蕾小姐，怎麼會這樣……」

「法、法伊蕾小姐！」

瑞樹急忙跑過去，開始對她施以回復魔法。

另一方面，伊爾薩魯沒有繼續行動，彷彿在等待他們進行抵抗。根本不用問原因。畢竟彼此間有著無法逆轉的戰力差距，伊爾薩魯毫不懷疑自己的勝利。

從容佇立的伊爾薩魯這次轉向黎二。後者慢慢滑行接近，但即便走進攻擊範圍內，伊爾薩魯依舊動也不動。不打算先行出手嗎？

黎二來到只差一步的距離後立刻揮刀砍向伊爾薩魯。

使用的是袈裟斬，目標是伊爾薩魯的肩膀。但是——

「真輕。」

「什!?」

只不過是輕輕舉起左手的動作，奧利哈鋼的刀刃就如他所言停了下來。明明是沒穿任何護甲的赤手空拳，刀刃卻連一塊皮膚都擦不破。

沒有手下留情，是用盡全力的一擊。但是完全沒用。對方彷彿在嘲笑自己的攻擊毫無意義般，就這麼輕鬆擋下連勒賈斯都要以那股闇色力量為盾才能彈開的劍擊。

目睹至今為止不曾遇過的結果，黎二因為驚訝而瞬間停下動作。

下一秒，伊爾薩魯的右掌揮下。不對，是右爪。如同刀刃般尖銳的爪子與手一起蓋了過來。

立刻揮出奧利哈鋼劍。

「咕、咕唔……」

爪擊在距離自己只有毫釐之差時停住。與此同時，令人恐懼的力量穿過身體直達後方，因其威力捲起的陣風吹飛砂塵。如果沒有英傑召喚的加護，自己肯定抵擋不住已經撞到岩石上死了吧。

「能反應嗎？明明這麼弱還白費功夫掙扎什麼……」

「還、還沒……」

伊爾薩魯藉著身高優勢使力壓近。恐怖臂力透過武器被施加到雙腕上，夾在伊爾薩魯的手與地面之間的身體因為壓力摩擦，骨頭開始發出嘎吱嘎吱的不祥聲音，雙腳也陷入地面。

逃不了。即便現在能架住，但因伊爾薩魯的力量實在太強，光是支撐就得竭盡全力。黎二額頭流出不知是不是冷汗的急汗。

回過神，後方魔力上漲。是蒂塔妮雅的支援魔法。但可能威力不大，伊爾薩魯連看都不看，冷淡雙瞳直直俯視黎二。

於是風魔法來到，即便魔法打到身上，伊爾薩魯仍然毫無反應。見狀，蒂塔妮雅發出苦悶呻吟。

「咕……魔法幾乎沒用……」

「我來。蒂塔妮雅殿下去幫黎二。」

「——明白了。」

蒂塔妮雅如此承諾後，走到前方的葛萊茲艾拉解放魔力。

「——土啊！其為吾等暴虐之結晶。以波亂威勢粉碎潰散，並且化為讚頌犧牲之墓碑。」

洞窟內響起葛萊茲艾拉的詠唱。回過神，黎二已經被不知何時過來的蒂塔妮雅抓住身體。

看見從後方環過雙手、抱住自己身體的蒂塔妮雅，黎二驚訝開口。

「蒂雅!?」

「黎二大人！請全力抵擋！之後的事情請交給我！」

「嗯、嗯！」

黎二老實聽從蒂塔妮雅的指示，使出全力將伊爾薩魯的手格開。然後，黎二的身體就被蒂塔妮雅抱著往旁邊躲。伊爾薩魯的手砸進地面，而葛萊茲艾拉釋放鍵言。

「水晶突擊！」

地面隆起無數透明石膏碎片，就像炮彈般加速、朝全身都是破綻的伊爾薩魯蜂擁而至。

因為土魔法擁有重量，所以具備與其他魔法不同的威力。而放出的水晶前端尖銳，對肉身有效。

……應該是這樣才對。

「連這個威力也沒用嗎！怪物！」

飛往伊爾薩魯身體的無數碎片，在速度衰減後當場發出碰撞聲落下、化為魔力殘渣消失，而伊爾薩魯毫髮無傷。

「——土啊！其為吾等暴虐之結晶！以波亂威勢粉碎潰散，其尖銳宛如劍鋒！讚頌犧牲之墓碑為映照光輝劍之墓碑！水晶突擊·精煉！」

葛萊茲艾拉說出與剛才魔法不同的咒文。隆起的透明石膏如劍般修長銳利且薄如蟬翼，隨著葛萊茲艾拉揮出的手腕再度殺向伊爾薩魯。

「這樣如何！」

「哼，不管用多少魔法都沒用啦女人！嘎啊啊啊啊啊啊啊啊！」

透明石膏劍（Selenitesword）到達伊爾薩魯的身體之前，他發出彷彿能震壞耳朵的巨大聲量。震撼整座石窟的音波粉碎葛萊茲艾拉以魔法生成的所有東西。

「不可能！居然只用聲音就抵銷魔法……」

葛萊茲艾拉愕然咕噥時，伊爾薩魯的視線捕捉到了她。感覺到殺氣與武威的葛萊茲艾拉焦急後退。

「咕……地方不好。這裡沒辦法使用強制連結……」

葛萊茲艾拉憤然低語。這個場地無法使用轉移大質量的絕招。就在她感嘆無法使出全力而嘗試退到後方時。

「晚了。」

伊爾薩魯將進入視線的人都視為獵物嗎？他的跳躍幅度凌駕葛萊茲艾拉的後退

距離，雙方一口氣靠近。

「不好!?」

「危險！」

「黎二大人!?」

目睹葛萊茲艾拉危機的瞬間，黎二立刻掙脫蒂塔妮雅手腕衝了出去。他放任自身往葛萊茲艾拉身邊跑，腦內警鐘因為同伴遭遇危機大肆作響並帶動身體加速。

距離拉近後，伊爾薩魯踢出右腳。葛萊茲艾拉染上絕望的臉，蒂塔妮雅和瑞樹的聲音，黎二用劍狠狠砸上伊爾薩魯就要命中葛萊茲艾拉正臉的腳。

「唔噢噢噢噢噢噢噢噢噢噢噢噢噢噢噢噢噢！」

彷彿砍中金屬塊的觸感。由於雙方力量懸殊，沒辦法將腳打飛，但多少使其威力衰減了。這就是黎二立刻做出的判斷。

使出全力後，黎二瞬間放開奧利哈鋼劍，撲向葛萊茲艾拉帶著對方離開現場。

黎二和被抱住的葛萊茲艾拉一起翻滾在地。因為全力飛撲，還為了保護懷裡的人，黎二的背部碰撞地面好幾次。

衝力削減並停止後，終於理解發生什麼的葛萊茲艾拉大喊。

「你是笨蛋嗎！為什麼要救我！」

「妳問為什麼，因為有危險所以不自覺就……」

「不自覺什麼！你可是勇者！你跑來保護我是怎樣！」

對身處疼痛與暈眩、意識有點朦朧的黎二來說，葛萊茲艾拉突然旁若無人的喝斥讓他很意外。雖然老是說些聽起來侮辱人的話，但實際上有好好理解勇者的必要性和優先順序的樣子。

——抱歉。黎二腦中自然浮現這樣的話。這不只是對葛萊茲艾拉，也是對相信自己而跟隨過來的蒂塔妮雅和瑞樹，以及不在場的重要人們。至於謝罪的理由不說也罷。

黎二扔開懷裡的葛萊茲艾拉。

「你這個笨蛋——！」

「黎二大人！」

「黎二同學！」

這樣就好。在黎二如此認同的瞬間，恐怖氣息從背後逼近。

「庇護女人嗎！真是無趣的結束方式啊勇者！」

「咕……」

會死。就在黎二如此確信時，眼前突然吹過藍色的風。

「唔？」

伊爾薩魯發出詫異的聲音，他似乎嫌惡著「什麼」而退向後方。看見他那副模樣，黎二立刻回頭。介入自己和伊爾薩魯之間的是交錯著雙劍擺出備戰姿勢的蒂塔妮雅。

「咦!?蒂雅!?那兩把劍到底……」

「這個之後再說，黎二大人！現在請全力後退！」

聽見她的話，黎二才反應過來連忙離開。

不知何時，蒂塔妮雅用外套前襟遮住嘴巴，反握著劍與伊爾薩魯對峙。正當黎二這麼想時，蒂塔妮雅就從視野裡消失了，如同瞬間移動般出現在伊爾薩魯背後揮出武器。

就在伊爾薩魯有所察覺而回頭時，蒂塔妮雅中斷劍擊再度消失。然後再度出現在伊爾薩魯背後，再度出劍。這次伊爾薩魯用鎖鍊防守、擋住了劍擊。

「嘖，有夠煩……」

伊爾薩魯發出煩躁的聲音，而蒂塔妮雅的身影再度消失。

「好厲害……」

沒想到脫口而出的是這種幼稚而拙劣的感想。

蒂塔妮雅如同玩弄伊爾薩魯般行動。即便藉由英傑召喚獲得的動態視力，也只能勉強看清她的動作。用劍撥開飛來的銅鎖鍊，竄進對方懷中揮出二刀劍擊反覆劈砍。

相對之下，伊爾薩魯採取了迴避行動。明明隨隨便便就擋下自己的劍擊，卻不想被蒂塔妮雅的劍擊打中嗎？他踩著小碎步閃躲雙劍，再加上蒂塔妮雅的劍擊是描繪出弧度的獨特動線，所以移動幅度得比閃躲普通斬擊更大才行。

蒂塔妮雅的斬擊不停，她飛舞著進攻伊爾薩魯的破綻。

接著，由上往下劈落的交叉斬擊捕捉到了伊爾薩魯的臉——著地的蒂塔妮雅後退。

祕銀劍看起來確實捕捉到了伊爾薩魯，但是……

「明明沒有女神的加護，倒是打得有模有樣。而且——」

斬擊只碰到伊爾薩魯的一點臉皮。伊爾薩魯毫不在意蒂塔妮雅就在面前，目中無人地伸手抹血、確認般看了看。

「久違的傷口居然是由普通人類造成。」

「不要小看我！」

「但是，到此為止了。」

就在蒂塔妮雅如此怒吼踩著岩壁逼近時，伊爾薩魯漫不經心地揮手。那是尖銳爪子造成的斬擊嗎？瞬間，和手指數目相同的五道巨大斬擊襲向岩壁，蒂塔妮雅只能停下腳步。

伊爾薩魯的鎖鍊浮起，前端分裂成好幾條。分裂並四散開來的鎖鍊前端變化為船錨一般，包圍蒂塔妮雅扎入地面。

宛如鎖鍊的牢籠。

「蒂雅！」

「——土啊！其為圍護吾身之堅固防壁！此令下達萬物不可通行！地牆冉升！」

蒂塔妮雅的詠唱後，她與鎖鍊之間形成土壁，而紅色閃電也在此刻襲來。土壁被鮮紅與漆黑的閃爍包圍、在反覆的雷擊下彈飛開來，非常輕易地崩塌了。蒂塔妮雅現身，而後被捲起的白煙掩住身影。

「蒂雅啊啊啊啊啊！」

閃電造成的音效也掩蓋不了黎二竭盡全力的大叫，但無人回應他的呼喊。

「騙人，怎麼這樣……」

瑞樹交織著絕望的呢喃響起，所有人都因為有著與她相同的預感而屏息。

……環繞著紅色閃電的白煙籠罩現場。紅色閃電是能輕易突破法伊蕾魔法的強力攻擊，要是正面接下，只憑蒂塔妮雅沒有英傑召喚加護的嬌小身體絕對無法承受。

但是，白煙消散後，她跪倒在地的身影出現了。

「還、還沒……」

「防禦在最後趕上了嗎？不過——」

伊爾薩魯將鎖鍊拔出地面，捆住了蒂塔妮雅。就這樣，他像是揮開礙事飛蟲一般，將她扔向黎二等人後方。

「嘎、哈……啊。」

蒂塔妮雅在身體無法動彈的狀態下，重重撞在放置暴君遺物的底座，書籍因為衝撞飛了出去。

書籍落在伊爾薩魯腳邊。他低頭，似乎被勾起興致般準備把書撿起來。見狀，被瑞樹攙扶的法伊蕾大喊。

「那是！」

「怎樣？這個怎麼了？」

「那、那個不能碰！」

聽起來像是擔心但實際上並非那樣。根據法伊蕾所言，一旦觸碰那本書就會變得跟暴君一樣。

如果魔族將軍變成那樣，後果難以想像。

「哼，這個確實放出了不太好的氣息。」

「既然知道的話……」

不要碰。別碰。拜託了。她開口想這麼說，但是——

「不過——我也不是不記得這種東西。」

願望破滅。伊爾薩魯這麼說著撿起書籍。但什麼都沒有改變。伊爾薩魯只是仔細端詳著書籍外觀，沒有發生法伊蕾說過的事情。

「……為什麼？碰到那個居然能夠維持理智……」

「是這個身體的特權吧。話說回來，居然還有其他類似澤克萊亞的力量……」

伊爾薩魯意味深長地呢喃，將書籍綑在腰間的鎖鍊上。

「這個我就拿走了——那麼，現在還能動的只剩身為勇者的你這傢伙，和後面的女人啦。」

「咕……」

伊爾薩魯輪流看著黎二和瑞樹，並走了過來。那樣對待葛萊茲艾拉，而且這麼簡單就打倒能夠與他進行那麼激烈戰鬥的蒂塔妮雅。他是怪物，這是實話。

黎二現在手邊沒有劍，因為剛才放手了，所以是赤手空拳的狀態，就算使用魔法也不覺得會有效，完全是萬事休矣。

「……黎二，你帶著瑞樹逃吧。」

「咦……？」

「如果身為勇者的你被幹掉就得不償失了。我擋住那傢伙，你走吧。」

「但、但是。」

聽見黎二猶豫，爬起來的蒂塔妮雅附議葛萊茲艾拉。

「黎、黎二大人，葛萊茲艾拉殿下說得對，請不要在意我們快逃。」

「怎麼能那樣！我不能丟下大家不管！」

「請不用擔心，這裡還有葛萊茲艾拉殿下和法伊蕾閣下。」

「黎二，你要做該做的事。如果現在那個武具被拿走，連你都被殺了我們該怎麼辦？如果名為勇者的堡壘崩毀一角，魔族威勢將就此更進一步。」

「可、可是。」

「你應該有所覺悟才對，必須捨棄他人這點也一樣。走吧，這樣下去只會讓在場所有人都白白送命。」

「……………」

「最糟也不過是，將蒂塔妮雅殿下當作擋箭牌逃跑。」

葛萊茲艾拉笑著露出虎牙。大概是想展現出從容吧，但在這個狀況下只聽得出悲壯的決意。

「臨死前的小算盤打完了嗎？」

大方逼近的身影。對自己而言是真正的死神。現在的自己絕對贏不了的對手。只能逃跑嗎？像她們說的一樣。就算不想那麼做，現在卻不是任性的時候。

「不——」

此時黎二突然發現。不，自己手上還有拔劍之前就握在手上的聖禮。但是，不知道能不能用，因為讓這個武具甦醒的話語尚未浮現於腦海。

「咕……」

因為無力感而咬牙。葛萊茲艾拉和蒂塔妮雅催促自己趕快走的聲音，瑞樹不安的眼神。就在被迫進行殘酷的決斷時，心裡傳來低語。從這裡逃走好嗎？現在無法充分發揮力量怎麼辦？沒辦法救她們怎麼辦？

現在能夠倚仗的只有這個。因此，黎二緊緊的、緊緊的握住聖禮。

然後。

「甦醒吧……甦醒吧啊啊啊啊啊啊啊！」

那是自己也沒想過的聲音。大概是被迫選擇之人，與命運抗爭的靈魂咆哮吧。

於是，聖禮對那道懇求的叫聲——予以回應。

鑲嵌在裝飾品中心的藍色寶石，瞬間閃現一道強烈光芒。接著，藍色波動開始緩緩朝四周釋放出來。回過神，周圍的各種東西都變為黑白且停滯不動。無論是瑞樹、蒂塔妮雅、葛萊茲艾拉、法伊蕾，就連伊爾薩魯也不例外。時間成為單一色調且停止，唯有自己和聖禮不在限制之中，依然有著鮮豔的色彩。

最後，藍色波動反捲回寶石內。

手裡的裝飾品不知何時變成由冰冷光輝描摹成刃型的藍白劍。

「太好了……」

外型是纖細的長劍。雖然是劍，但與這個世界或現代世界常看到的劍完全不同，劍鋒和劍刃宛如白瓷所製，**完全不會讓人認為是金屬**，當中的劍身是珐瑯製美術品般的藍色瑰麗設計。握柄則是白與藍雙色構成的雅致劍柄，白瓷的雙翼與白色的雙重圓環呈現保護般浮在劍身與握柄之間。而藍色寶石就在圓環中心，充滿閃電與結晶以及光芒。

即便說是未來的武具也不會讓人有所懷疑的造型，但也有能說是古代美術品的意趣。

因為武具現界，慢了一拍才反應過來的蒂塔妮雅和葛萊茲艾拉發出驚呼。

「黎二大人！」

「黎二，你……」

黎二同樣滿是驚訝，反射性回過頭，看見了瑞樹的表情放光。

緊接著因為察覺氣息而後退後，巨大的銅製鎖鍊從自己剛才所在之處穿過。

「呵。所以那傢伙才說是武具嗎？原來如此，這東西還挺有趣……」

伊爾薩魯流露出這般悠閒的感想，但銳利的視線毫無陰影。

黎二將聖禮指向態度始終如一的魔族。而後，聖禮彷彿反應黎二的意志般吸收其魔力展開行動。

原本平行的白色圓環各自傾斜、逆向迴轉，白瓷的翅膀伴隨著魔力蒸氣噴出舒服的冷氣粒子落到手腕上，好像內燃裝置開始啟動般的震動傳達過來。

無法完全抑制的震動是劍本身的脈動嗎？抑或是自己迫不及待、難以完全控制的衝動呢？

腳邊描繪出散發著藍色光輝的魔法陣。輕快揮劍後，劍鋒所觸空氣轉藍凍結、結晶化後碎散成粉末。

於是結晶之間產生連鎖反應，一路凍結前方的空氣與地面。這個反應並不激烈，與蒂塔妮雅、葛萊茲艾拉和法伊蕾使用的魔法比起來，有種游刃有餘、並非用盡全力的感覺。

但那溫和的力量效果極大。

「嘖——!?」

瞬間，站在結晶即將抵達方向的伊爾薩魯，好像察覺什麼般當場退開。來不及躲避的鎖鍊前端被**凍結成藍色**，而後碎散一地。突破法伊蕾強力魔法的鎖鍊，就這麼被毫不費力地破壞。

「結晶劍伊夏爾克拉斯達……」

腦海中突然浮現劍的名字。雖然法伊蕾說這是凍結萬物的劍，但並非如此。恐怕是這把劍擁有的力量藉由凍結形態展現出來。

……但是，不知為何從剛才開始伊爾薩魯的動作看起來變慢了。劍的現界、力量行使，明明自己身上出現不少破綻，但對手不知為何沒有趁機進攻。那就是所謂強者的從容形成的大意嗎？即便黎二對此抱持疑問，依舊握緊伊夏爾克拉斯達的劍柄往伊爾薩魯跳過去。

「咦？咦咦!?」

此時黎二發出驚呼。因為跳躍之際身體增加了陌生的加速。現在，自己正以超乎想像的速度跳出超乎想像的距離。

黎二因為這種失控的舉動而在半空吃驚。覺得這樣下去不行，於是在空中改變落地軌道，以左手為施力點著地，大大張開雙腳撐在地面剎車。但是著地力道沒能完全削減，隨著他的動作帶起沙塵飛揚。

「停下來了……」

沒撞到石壁所以鬆了口氣。然後馬上察覺自己渾身破綻，但——

「後面嗎!?」

「咦……？」

聽見伊爾薩魯驚愕的聲音，黎二發出困惑的聲音。回過神，大家都目瞪口呆。彷彿親眼目睹了想都沒想過的事情一般。

看見他們的樣子，黎二生出推論。難道不只自己對剛才的舉動驚訝？會慢了幾拍才聽見驚訝的聲音，難不成是因為誰都沒有反應過來？伊爾薩魯的反應會變得這麼慢，是因為自己的感覺稍微被加速了吧？

懷著這種推測，黎二將視線集中在伊爾薩魯的動作上。

伊爾薩魯的動作果然感覺比之前慢，落到自己能夠從容反應的程度。而且不知道為什麼，也感覺不到之前那種令人絕望的力量差距了。

黎二用伊夏爾克拉斯達擋住相互碰撞飛來的鎖鍊。

雖然手腕感受到重量，但那份力量卻衰弱成無法和剛才爪擊媲美的狀態。

「這就是，這把劍的力量——」

「……原來如此。難怪那傢伙會說能碰到澤克萊亞。居然將貢品的力量提升到姑且有一戰之力了。」

即便伊爾薩魯的聲音聽起來有些詫異，但仍然從容不迫。現在雙方之間確實沒有絕望的力量差距，但依然有與強者面對面的感覺。

這個時候應該解放劍之力吧。黎二如此判斷，狠狠將伊夏爾克拉斯達的劍鋒插入地面。

「哦哦哦哦哦哦哦哦哦哦！」

魔力隨著咆哮急遽被伊夏爾克拉斯達吸收，藍冰如同巨大水晶礦般竄出，包圍伊爾薩魯並侵蝕整座石窟。伊爾薩魯雖然用環繞紅色閃電的鎖鍊打掉水晶予以抵抗，但藍冰卻從碎開的一端擴展開來，連砸碎藍冰的鎖鍊都逐漸遭到凍結。

這樣的話能贏。能夠與對手交鋒。就在黎二這麼想的時候——

「——咦？唔、啊……怎、怎麼回事……？」

視野突然搖晃，如同猛然站起會產生的暈眩一般，雙腿也隨之發軟，身體有如力量被抽乾似地搖搖欲墜。接著，水晶礦般的藍冰隆起也碎散消失。

「黎二大人!?」

「身體的……魔力被吸走了……」

「要使出這份力量，當然得付出相應的魔力。也就是說，你承擔不起這個武器嗎？」

伊爾薩魯吐出早就知道會這樣的臺詞逼近。

萬事休矣，尚未結束。

❖　❖　❖

伊爾薩魯再度逼近力量使用過度的黎二。這次真的逃不掉了。親眼目睹那個狀況的瑞樹，陷入過去曾經感覺到的焦躁之中。

沒錯，和與勒賈斯戰鬥那時一樣，再度嘗到自己的無能為力。但是，現在必須為了不礙手礙腳而退到後面。要是這樣，對他說想幫忙而跟過來真的有意義嗎？那樣的自我疑問，在她的腦中浮現又消失。

——想戰鬥嗎？

突然，瑞樹聽見不知從哪裡傳來的話語。

「咦？是誰？」

攙扶著因為痛苦而流冷汗的法伊蕾，環顧周圍尋找陌生聲音的主人，但當然一無所獲。

因為這種狀況而困惑時，那道不知來源的聲音再度響起。

——說吧。妳想戰鬥？還是不想？

不知道那是有什麼企圖的詢問，但瑞樹的答案早已決定。

「我、也想戰鬥。想助大家一臂之力……」

在將這段真心話說出口後，瑞樹的意識遭到黑暗吞噬。

❖　❖　❖

就在黎二跪倒在地沒多久，事態再度發生驟變。

隨著咚———砰！的奇妙巨響，黎二和伊爾薩魯之間的空間炸裂開來。
「唔、唔哇……」
「這次又是什麼！」
黎二因為毫無前兆的爆炸把臉朝下。另一方面，伊爾薩魯則當場退開，但爆炸一路窮追不捨，將他逼到石窟另一端。
然後，聲音從後方響起。
「呵哈哈哈哈哈哈哈哈！」
石窟內迴響著熟悉聲音發出的大笑。
湧現的不祥預感驅使黎二迅速扭頭，視野中的瑞樹站得筆直，雙手抱胸，擺出傲慢姿勢發出高亢笑聲。
「瑞、瑞樹!?」
「喂、喂妳突然怎麼了瑞樹!?」
蒂塔妮雅和葛萊茲艾拉同樣看著瑞樹發出疑問，而回應她們疑問的答案是……
「吾並非瑞樹！」
聽見這個意義不明的發言，任誰腦中都浮現「！」和「？」的符號。
然後，回應全員「那妳是誰啊!?」疑問的答案是。
「——諸位！好好聽著！吾之名為伊歐·庫查米！統治此三千世界的究極之王、

九天聖王伊歐‧庫查米！」

接在這個發言之後的是黎二的慘叫。

「等等——!?咦咦——!?」

黎二連自己現在魔力用盡、全身脫力都忘了，發出格外淒厲的聲音。這個狀況對他而言是難不成當中的難不成。看見大吃一驚失去冷靜的他，蒂塔妮雅再度困惑。

「黎、黎二大人？」

「瑞、瑞樹同學瑞樹同學！那個、等一下，現在不是說那種話的時候啦！」

「說什麼呢！現在不說何時才要說！呵哈哈哈哈哈哈哈哈哈哈！」

這位少女到底在高興什麼。她否定黎二的話，再度狂笑出聲。看見那奇怪的樣子，後退到石壁邊的伊爾薩魯掃興般說出帶著驚訝的話語。

「怎麼搞的？瘋了嗎？」

「失禮的傢伙，吾可是一點都沒瘋！」

這麼說著的瑞樹突然按住左眼。

「疼……好疼……吾的左眼，正為了消滅與吾敵對的無禮之人而劇烈發疼……」

仔細一看，瑞樹一隻眼睛閃耀著金色光芒。明明直到剛才為止雙眼都是同樣的顏色，不知何時已經變成瑞樹過去無比憧憬的異色瞳了。

「給吾聽著半裸男！接下來吾會將你這傢伙打入因果地平線之彼方、位於神曲演奏地獄深處的永久冰河（阿刻戎河）中！」

「…………」

「以此為榮吧！畢竟如此一來你這傢伙可是與大魔王並肩啊！呵哈哈哈哈哈哈！」

瑞樹指著伊爾薩魯，自信滿滿地放聲說道。另一方面，黎二也指著瑞樹，嘴巴像鯉魚般一開一闔。

和那樣的瑞樹對峙的伊爾薩魯果然對她滿口大話不高興了嗎，看起來很煩躁的樣子。他踩塌腳邊地面，放出森森陰氣逼來。

「說些莫名其妙的話……」

「居然無法理解吾口親言的、恰如其份尊貴話語！難道是腦袋愚蠢的笨蛋嗎！接好！」

瑞樹一說完，就解放了身上的巨量魔力。

「咦!?」

「居然!?」

驚訝的人是黎二，以及與她面對面的伊爾薩魯。一邊是因為至今一起旅行的友人的異常魔力量；另一邊是因為驚愕於眼前之人的意外魔力解放。

在伊爾薩魯擺好架式之前，瑞樹念出咒文。

「——火啊土啊！現在榮華墜地吧。吾之神殿佇立於此，化為赤鐵四溢熔爐，吞噬一切。於吾掌中顯現，熔鐵神殿（Cathedralforge）！」

火啊土啊。那是至今為止聽過的咒文中絕對不會出現的複合字句。

接著告知的鍵言是神殿之爐（Cathedralforge）。下一秒瑞樹周圍的地面長出數根石柱。最後以她為中心在石窟內構成的是，勉強收容在廣大石窟內的小型神殿。

然後石柱倏地發紅，周圍溢出岩漿。

「上來！拖拖拉拉的話，你們也會被吾的灼熱赤紅血潮吞噬！」

「咦？啊、嗯！」

黎二等人聽從瑞樹指示，爬到她所在的地方。

很快，洞窟地面因為翻騰的炙熱岩漿下沉，化為海嘯向伊爾薩魯襲去。

「糟糕，這樣呼吸會！瑞樹！」

黎二因為岩漿的侵蝕效率震驚。這樣一來產生的熱氣和瓦斯會燃燒氧氣，導致呼吸困難。

就在黎二想叫瑞樹立刻解除魔法時。

「用不著擔心。即便是閉鎖空間，只要待在吾所造這座熔鐵神殿中，空氣便不會有影響。雖然好像有待在外面也無事的例外——」

「例外？」

「看那個。」

瑞樹視線前方是伊爾薩魯所在的方向。黎二轉過頭，岩漿正好高漲並爆炸。

魔族將軍伊爾薩魯從裡面走了出來。

「這個威力……」

伊爾薩魯一邊喃喃，一邊慢慢端詳自己的雙手。他確實被岩漿吞沒了，但可能身體具有耐性吧，皮膚只有少許變紅，讓人聯想到晒黑。

「怎麼會，被那個吞噬連一點傷都沒有……」

「真的是個怪物呢……」

聽見蒂塔妮雅和葛萊茲艾拉發出的愕然聲音，瑞樹浮現詭異的笑容。

「看樣子是肌膚多少有些疼痛的程度嗎？嘻嘻嘻，不愧是半食人魔。被剛才的魔法攻擊只受到那種程度的手傷，看來僅憑魔力就撣去了吾的魔法。這可是比貫穿冥王神之闇更深的漆黑，接受吾之稱讚吧。」

黎二實在吃不消瑞樹那些陶醉在危險妄想中的臺詞，但伊爾薩魯似乎左耳進右耳出。

「難得出現了個能夠好好使用魔法的傢伙了嗎？讓我想起龍人的咆哮了呢。」

「別將吾與那種東西相提並論！吾是九天聖王！天上天下唯一的存在！」

雖然瑞樹聲線傲慢，語氣目中無人，伊爾薩魯卻不怎麼在意地哼了一聲。然後露出興致缺缺的表情。

「瞎說些莫名其妙的話的貢品，也罷。」

這麼說著的伊爾薩魯在想什麼呢？他迅速轉身，就這樣朝著石窟出入口走去。

見狀，瑞樹用可疑的視線看過去。

「為何撤退？你這傢伙不是想要那叫做聖禮的東西嗎？」

「我無論何時都能吃了你們這些貢品，但要吃的話，自然『當季』最好。在那之前那個叫聖禮還什麼的武器就先寄放著吧。」

「現在也行啊？或者你這傢伙恐懼吾的力量？」

蒂塔妮雅用視線對反覆說出挑釁話語的瑞樹表示這樣不好。

「瑞、瑞樹……」

「用不著擔心，是吾能打倒的對手。」

看也不看蒂塔妮雅，瑞樹視線不離伊爾薩魯這麼回答。中二病復發的她滿是不知從何處而來的自信。

「貢品，閉上那張自大的臭嘴。我這是抬手放過，和其他傢伙一起顫抖接受吧。」

「……哼。」

瑞樹對伊爾薩魯彷彿能擊斃人的視線發出不滿冷哼。

此時，伊爾薩魯瞇起眼低聲咕噥。

「……要聽那傢伙的話也讓我不爽。」

伊爾薩魯說出的話誰都沒聽見，但黎二不知為何知道那是不滿的抱怨。

……隨便就能對付勇者與其同伴的魔族背影逐漸消失在出入口。

終於，黎二等人放心了，因為緊張而僵硬的身體鬆弛下來。

「還、還活著……」

雙手不斷發抖。蒂塔妮雅等人似乎也一樣放鬆地坐倒在地，愣然看著出入口喃喃自語。

「居然、真的回去了……」

「到底是來做什麼的啊那個魔族……」

伊爾薩魯引起騷亂後就回去了。雖然目標好像是聖禮，但大概是武器的優先順序不高吧？結果也沒搶。

此時，黎二突然想起重要的事情。

「對了！瑞樹！」

「什麼事？突然喊得這麼大聲，吾親愛的未婚夫啊。」

「未、未婚！」

黎二因為她的衝擊性發言產生動搖、導致一時語塞。因為他非常震驚的態度，瑞樹納悶詢問。

「怎麼？有哪裡奇怪嗎？」

「妳問哪裡奇怪！哪裡都奇怪啊！妳從剛才開始到底怎麼了⁉」

「沒怎麼啊，你才是為何這般慌亂？」

即便這麼說，瑞樹嘴邊浮現玩弄黎二般的壞笑。因為看不出那樣的她究竟在想什麼，黎二滿是困惑。

此時，蒂塔妮雅插話。

「黎二大人，總而言之先從這裡出去吧？雖然瑞樹有些奇怪，但我也很擔心法伊蕾閣下的身體狀況和克雷葛力他們。」

「啊啊、嗯，我知道了……」

蒂塔妮雅的主張是現場最合理的話。

但是，懷著一抹不知為何感覺事情還沒結束的不安，黎二扶著法伊蕾離開石窟。

❖　❖　❖

——從結果來說，厄斯泰勒的騎士們和葛萊茲艾拉帶來的涅爾斐利亞軍人們雖然受傷了，但沒有生命危險。

根據黎二打聽到的，在自己一行人進入神殿深處的石窟後，伊爾薩魯就突然闖進來了。起初救世教會的修士們以為是可疑分子上前驅趕，但伊爾薩魯卻吃起來到眼前的修士們，於是戰鬥爆發。就連教會的術師都不敵，上前應戰的人全都被吃掉或殺掉了。

但伊爾薩魯吃到一個程度似乎就飽了，來到克雷葛力等人身邊時已經沒什麼興致，戰鬥時也很敷衍。

要說幸運的話說不定真的很幸運。

現在全員都接受恢復魔法的治療，和法伊蕾一起在其他房間休息。

而黎二等人聚集在向神殿借用的一個房間內。

大概是想起和伊爾薩魯的戰鬥，蒂塔妮雅嘆氣。

「是個出乎意料的對手呢。」

「魔族將軍、伊爾薩魯嗎……我們接下來必須和那樣的對手戰鬥呢。」

黎二自言自語似的話十分無力，畢竟伊爾薩魯就是那麼不合常理的強敵。一想到那個魔族，就能充分理解自己的無力、也能充分理解誇口要用那種無力戰鬥的自己有多麼愚蠢。

打從和勒賈斯戰鬥以來，就知道前方強敵環伺，當然也做好與之面對面的覺悟。但想都沒想過會是那種擁有壓倒性力量、自己完全無能為力的對手。

聖禮雖然拿到了，但從武器形態變回裝飾品了，就算想讓它再次變回武器也毫無反應。這樣一來如果又遇到那個魔族將軍，肯定會再次進退維谷吧。

這樣下去真的沒問題嗎？內心充滿不安。蒂塔妮雅和葛萊茲艾拉似乎也同樣心懷不安，她們只要想到伊爾薩魯就鬱悶，完全感覺不到朝氣或積極的魄力。

伊爾薩魯和聖禮的事情也讓人不安，但先把這些放到一邊——

「呼呣，怎麼了？比沉眠地底的灼熱龍心更加熾熱，比身為偉大存在的下僕天使更加神聖，心裡祕藏著名為慾望的正義的吾之未婚夫啊。你從剛才開始臉色就很不好哦？」

「這都是誰的錯……」

「是吾的錯？真是失禮的說法……算了原諒你吧。」

說出這種話的瑞樹果然不只言行舉止，還有其他地方和平常不一樣。就算扣掉以伊歐．庫查米之名擺出的傲然態度，依舊有著異樣感。

最引人注意的果然還是她的眼睛。那雙黑眼現在有一隻散發著金色光芒，變成了異色瞳。

她從石窟開始就經常用得意洋洋的態度雙手環胸，看起來很愉快。黎二現在正以費解的表情看著那樣的她。

蒂塔妮雅和葛萊茲艾拉也難掩懷疑的視線。

「話說瑞樹，那種設定不是已經停止了嗎？妳也覺得是過去的黑歷史吧？」

「吾並非瑞樹。吾是九天聖王伊歐・庫查米。」

「所以說那種設定根本無所謂啦。很久以前就已經聽膩了……唔唔唔，狀況完全沒有進展。」

黎二因為瑞樹……不對，伊歐・庫查米毫不羞恥羅列出的各種令人吃不消話語而傷腦筋。只要回想起過去的鬧劇，黎二就無比頭痛，但伊歐・庫查米不知道他的糾結。

「這是事實，所以沒有所謂設定那回事。因為吾是天上天下唯一的存在，是統治天上的原初霸者的私生子，九天聖王伊歐・庫查米。」

「只要講話，設定就越來越多……啊啊，果然是那個時期的瑞樹……」

黎二懊惱地自言自語片刻後轉向她。

「我說……瑞樹。」

「不是說過很多次了嗎？吾並非瑞樹。」

這次由蒂塔妮雅向重複否定的伊歐・庫查米攀談。

「……那個，請問您真的不是瑞樹嗎？」

「唔嗯。吾貨真價實、並非這個身體真正的主人瑞樹。而是接受此世各種生命渴求、由天上降臨的神聖之身。」

什麼叫做貨真價實？什麼又叫做神聖之身？就在黎二認為對方只是想這麼說而

感到為難時，葛萊茲艾拉以好奇的表情詢問。

「黎二，我們不太了解那什麼伊歐．庫查米。你可以說明吧？」

「……不說不行？」

「雖然知道你拿她毫無辦法，但姑且說說吧。」

「該怎麼說呢感覺很羞恥啊……」

「為什麼你會覺得羞恥？」

「當然會吧？比方那種，全家在客廳團聚但電視突然播出成人資訊的時候之類的……」

「我不懂你的世界的比喻。」

「我找不到更好的例子。」

看見黎二說明不順暢，伊歐．庫查米格外開心地挺起胸膛。

「那好吧。既然想知道吾的事情，吾就告訴你們。吾之未婚夫以外者伏地聆聽吧。」

「沒有人會伏地，趕快說。」

「啊啊、要說了……這可是全盤托出啊瑞樹……」

無視黎二絕望的呢喃，伊歐．庫查米扠腰站在床上。

就在三人忍住提問「那是必要的姿勢嗎」時，伊歐．庫查米做完從高處睥睨的動作後，得意開口。

「吾之名為九天聖王伊歐・庫查米。為了將蔓延在這個無趣世界的無益存在、也就是人類，引導至真・暗黑界（True.Darkside）而覺醒，是深淵（Abyss）黑炎的絕對支配者、也是給予各種生命對等死亡的存在，又名為高級收割者・死亡孩童…………對吧？」

「不要問我啦！我不知道！」

「記得這類名號還有三個左右……名為將世界惡意降至與漆黑闇影對等之業的潘朵拉……」

「別說了！不要再說了！」

黎二摀住耳朵死命搖頭。他的痛苦似乎傳達給了蒂塔妮雅，後者嚴肅地按著太陽穴轉了轉。

「……雖然不知道為什麼，但聽著聽著頭開始痛起來了呢。」

「就是因為莫名其妙才會頭痛啊蒂雅……」

兩人滿是苦惱，另一方面，葛萊茲艾拉似乎認真思索過——

「黎二，蒂塔妮雅殿下。說不定瑞樹是被奇怪的東西附身了？我記得精靈說過對吧？統治這附近的王會變成暴君，是因為被暴虐的意志附身。」

「這麼說起來……」

就在黎二回想起此事時，伊歐・庫查米憤慨激昂地表示「不要拿吾和那種東西相提並論」。確實，被相提並論的暴君太可憐了。

「話先說在前，吾並沒有觸碰那本書籍，第一個拿走的是那傢伙、有著名震天地上下三千世界的降魔之拳，比神或撒旦更滿足殘暴形容的鬼神不是嗎？」

伊歐・庫查米所說的那傢伙是指自稱伊爾薩魯的魔族。法伊蕾確實說過，暴君會變成暴君的原因出在那本書。

但首先，即便是那樣的暴君附身在瑞樹身上，對方也沒有必要揭發瑞樹那埋葬在黑暗的過去。

黎二思考著這件事微微皺眉，蒂塔妮雅靠過去、貼近他的耳邊說悄悄話。

「……黎二大人覺得呢？」

「大概，大概吧，現在瑞樹體內是不是產生了和她不同的人格？」

「您說不同的人格嗎？」

「嗯。所謂多重人格的精神症呢，是當人感受到強烈壓力時，為了保持精神均衡而生出原本人格以外的人格。」

黎二向蒂塔妮雅簡單說明關於多重人格的一部分病例。

另一方面，旁聽的葛萊茲艾拉也加入討論。

「那就是瑞樹現在遇到的狀況嗎……呼嗯，當時那個魔族確實放出了強力的武威，就算精神受損也不奇怪。」

「請問能恢復原狀嗎？」

「我不是醫生所以也不太清楚……但是，我聽說那樣的患者偶爾會交換人格，一旦壓力消失的話人格就會統合恢復原狀了，說不定經過一段時間就能找到解決的線索。」

「瑞樹的人格並沒有消失呢。」

「應該是吧……」

蒂塔妮雅放心地鬆了口氣，而伊歐．庫查米突然轉向黎二等人。

「你們三個在說悄悄話嗎？吾也加入吧。讓吾聽聽你們那不如米粒大小的愚蠢預測吧。」

「不，現在的瑞樹只會讓事情沒有進展，所以恕我拒絕。」

「瑞樹，不用擔心。在妳恢復原樣之前，我們都會幫忙。」

「開始無視吾了嗎？這些無禮之人。」

聽見回答，伊歐．庫查米發出不滿冷哼，但也很快就轉為目中無人的笑容。

「比起這些小事，吾之未婚夫啊，你只關心吾的事情這樣好嗎？」

「咦？」

「那個。」

伊歐．庫查米指向黎二身穿的西裝外套口袋。她指的地方放著聖禮和法伊蕾給予的時刻之秤（拉刻西斯計量表）。

就在黎二想著這個怎麼了嗎，並將東西從口袋拿出來的時候。

——喀。

「咦——？」

腦袋識別出那是時鐘指針移動的聲音。不適用於所謂「聽到」這種意思，而是聲音宛如直接在耳朵深處響起。

「黎二大人？」

「剛剛聽見了嗎？」

「請問聽見什麼？」

蒂塔妮雅露出不解的表情。她沒有聽見時針行走、齒輪轉動的聲音嗎？蒂塔妮雅很快詢問。

「黎二大人剛才聽見什麼了嗎？」

「我們什麼都沒有聽到。」

葛萊茲艾拉也絲毫不敢大意地環顧周圍尋找音源。但是，那個音源來自黎二現在拿著的東西，也就是她們真的沒聽見吧。

另一方面，伊歐・庫查米浮現之前那種玩弄自己一般的壞笑。

瞇眼看向那張笑臉後，黎二打開懷錶的錶蓋。

錶盤果然還是自己最初拿到時的模樣，時針和分針，以及如同彎刀般彎曲的時針和分針。但是——

「在動……」

和最初打開蓋子時的確有所不同。彎曲的針在動，雖然只走了一點點，指在大概不到一分鐘的地方。

「真是業障深重的計量器啊。明明說過無論是誰總有一天都會走向滅亡，居然為了抵抗命運，連這種東西都做了出來。」

「……瑞、不對，伊歐・庫查米小姐，對妳來說這是什麼？」

「這是世界終焉之秤，代表著逆行未來與為之抵抗的現在之間，抗衡時限的魔導遺物（Magicment・out-of-place）。」

「……法伊蕾閣下也說過那種話呢，末日的開始什麼的。」

「也就是，只不過把法伊蕾的話換個誇張的方式再說一次嗎？」

「雖然無法否認換個誇張的方式……算了隨便你們怎麼說，反正你們也只有現在能夠這樣了。呵哈哈哈哈哈哈哈！」

就在黎二表情嚴肅地看著時刻之秤時，伊歐・庫查米發出大笑，而且越笑越激烈，妨礙了黎二的思緒。

終於忍受不了的黎二對伊歐．庫查米吼道。

「妳乖一點啦瑞樹！」

「你也差不多該記住了吧！吾之名為九天聖王伊歐．庫查米！絕對不是瑞樹！絕對不是！」

「啊啊夠了！夠了！我受夠了！為什麼事情會變成這樣！水明！救命啊啊啊啊啊啊啊！！」

伊歐．庫查米的大笑與黎二的慘叫重疊。

對，那是水明和因祿戰後大概一週的黃昏之時。

第三章 新的敵人們

在聯合北部與魔族的戰鬥，現在暫且以魔族撤退的形式收場。

聯合諸國因為這場戰鬥受了不少損失，各國為了重整軍隊暫時撤退。雙方呈現各有損失的平分秋色狀態。

另一方面，因為這次戰鬥當中出現魔族以外的人以初美為目標的事件，聽到傳言的穆贊國王要求初美等人回國，緊接著強化首都的警戒體制。

既然對手能勝過水明及身為勇者的初美，無論增加多少士兵都只是杯水車薪吧，但他們能做到的防衛策略也只有這個。從穆贊領內各地調兵，可以說是過度警戒般，每天都派兵在街道上巡邏。

雖然宮廷方面似乎還對水明有所戒備，但現在不是做那種事的時候，所以呈現半是假裝無視的放置不管。

水明等人先行離開戰場幾天後，和魔族戰鬥暫告一段落的朽葉初美，在由戰場回來的這一天獨自拜訪了某個地方。

那個地方是宵闇亭聯合分部宿舍，位於水明等人租用的建築物之中。初美爬上玄關大廳裝潢的兩段樓梯，沿著包裹皮革的扶手走向客房。終於走到目的房間後，她敲響木製房門。

「那個，不好意思。」

雖然不是在玄關前卻這麼說很奇怪，但因為是前來拜訪，所以初美依舊這麼說了。不久，門內傳來輕輕的腳步聲與女性嗓音。

與此同時，門開啟了。

「來~了。啊！聯合的勇者閣下？」

「是。那個，我記得您是、史丁格雷小姐……對吧？」

「是的，久疏……還不到這種程度呢。」

在初美面前現身的是翡露梅妮雅．史丁格雷。她對搜尋回憶般詢問的初美露出恬靜笑容。

接著，翡露梅妮雅的表情突然轉為嚴肅。以這個世界有地位的人都會展現的態度，將手放在胸前鞠躬。

「勇者閣下，歡迎您。」

「咦、啊、是。請多多指教……」

初美雖然對她態度的變化有點困惑，但也因為看見翡露梅妮雅的面孔立刻恢復原樣而使表情柔和下來。

「此外順便一問，難道您一個人來嗎？連護衛都沒帶？」

「是的，我一個人溜出來。感覺如果有誰跟來反而麻煩。」

初美這麼說著浮現苦笑。雖然說不定很失禮，但意思表達得很清楚。

宮殿裡的人不認為初美去找水明是好事。雖然回到穆贊後，好幾次想來拜訪，但國王或大臣們似乎都因為之前那件事通知衛兵們要把勇者留在宮殿裡，所以只能鑽漏洞偷溜。

雖然很諷刺，但初美覺得現在最安全的地方就是這裡——先不提這些。

「別站著說話，請進。」

翡露梅妮雅這麼說著拉開門，自己退到一邊讓初美先行。

「好像終於可以放鬆了。宮殿和外面到處都是警備、警備、警備，到底哪來這麼多人……」

「這點大家心裡有數。那麼勇者閣下，請問今天有什麼事呢？」

「我來是為了感謝你們之前的幫忙。聽會長說，你們現在可能在客房，所以就來了。」

「這樣啊。水明閣下正在房裡整理資料。我想，不用多久就會來了哦。」

「那請讓我稍微等等吧。」

初美跟著帶路的翡露梅妮雅坐到客房椅子上。看來他們原本就打算集合的樣子，翡露梅妮雅很快就準備好異世界的茶。

初美喝了一口，突然聽見開門的聲音。

「啊，初美小姐，妳來了嗎？」

現身的人是蕾菲爾，她露出看見訪客的意外表情。

初美站起身對她打招呼。

「妳好。我記得是蕾菲爾小姐對吧？」

蕾菲爾表情爽朗地點頭，翡露梅妮雅接口。

「今天說是來向之前的事情致謝。」

「真是周到。讓妳特意過來實在不敢當。」

「不會。雖然之前說過了，但還是要再次感謝救援。託各位的福，我才能平安回來。」

就在初美依日本人的特性鞠躬表示謝意時，翡露梅妮雅好像覺得過於慎重而擺手表示沒這回事。

「請不用客氣。我們只負責支援水明閣下，要致謝的話還請向水明閣下致意。」

「是啊。如果水明沒說要去，就不會有那場救援。要致謝的話得向水明致意才對。希望妳不用在意我們。」

兩人都很客氣，初美多少從她們的態度感到隔閡氣氛。雖然初次見面難免會這樣，但總有種遭到警戒的感覺。

就在初美抱持這種感想喝茶時，翡露梅妮雅在蕾菲爾往椅子坐下時趁機誠惶誠恐地開口。

「那個……勇者閣下，方便打擾您一下嗎？」

「是的？有什麼事嗎？」

「請問您和水明閣下，那個，是什麼關係？」

「我好像是他表妹。八鍵沒說過嗎？」

「關於這點，確實聽水明閣下提起過，但是……」

「怎麼了嗎？」

「啊、沒有……」

翡露梅妮雅尷尬地移開視線，似乎覺得難以啟齒。因為不知道對方拐彎抹角的詢問到底想讓自己主動察覺什麼，就在初美表情浮現疑惑時，這次由蕾菲爾開口。

「看來不能磨磨蹭蹭的了。初美小姐，希望妳老實地回答我，妳覺得水明怎麼樣？」

「怎、怎麼樣是指？」

初美被這個問題嚇一跳。因為蕾菲爾問的是覺得怎麼樣，所以腦裡浮現了**那方**

面的事情。

初美的猜想似乎沒錯，因為蕾菲爾也不好意思追問而臉紅了。

「就、就是那種……也就是男女層面的喜惡之類……」

「勇、勇者閣下覺得水明閣下怎麼樣呢！」

有了蕾菲爾壯膽，翡露梅妮雅表情迫切地探出身體。兩人看來都格外認真，但是……

「請等一下！為什麼要問我那種事情？」

「因為答案對我們很重要。」

然後，初美終於發現她們疑問中的深意。

在她察覺的同時，翡露梅妮雅和蕾菲爾也多少察覺到初美對水明抱持的心情了。

——於是，初美、蕾菲爾、翡露梅妮雅分別表示。

「哼。」

「哦。」

「唔唔唔……」

她們以可怕的表情互瞪，三人都露出宛如在看情敵的表情。

整理完資料的水明就是在此時走進房間。

因為該做的事情告一段落，開心地哼著歌走進房間，就目睹三位美人之間不知為何火光四濺。

「咦……這什麼情況？發生什麼事了？」

圍繞著遲鈍魔術師的戰役才剛剛開始。

❖ ❖ ❖

——莉莉安娜・贊德克最近養成了名為『抱抱癖』的奇怪習慣。

自從和水明等人一起行動開始，就好像難以忍受寂寞般，經常會黏著三人其中之一不放。

大概是由於嘗到和他人撒嬌的甜頭了吧。雖然至今為止沒有太大感受，但當晚上獨自一人，或回想起被羅格撿到之前的過去時，就會想著如果再度落到那種下場該怎麼辦而特別難受。

每當那種時候，抱住水明他們就能讓沮喪的心重新獲得平靜。

已經不是做那種事的年紀，也覺得不能繼續這樣下去。但蕾菲爾告訴自己要做也只能趁現在所以不用客氣，所以決定要連之前做不到的份都補回來。

所謂寂寞，總是無故就到訪。今天也不例外。

「今天要、找誰呢？」

莉莉安娜一邊走向客房，一邊考慮撒嬌的對象。如果按照慣例，大家在做完該做的事情後會在客房集合，無所事事地喝茶聊天才對。

莉莉安娜在心裡排出抱抱對象的順序。因為覺得集中一個人會給對方添麻煩，所以通常向蕾菲爾撒嬌後會換成翡露梅妮雅，然後是水明，接著確認他們各自的狀況找時間執行。

這幾天水明都忙著整理從黑鋼木森林裡帶回來關於英傑召喚術的情報，所以之前偏向蕾菲爾她們，那麼今天就找他撒嬌吧，正當莉莉安娜這麼想時——

「水明，請抱抱……我？」

——打開客房的門走進房間，映入眼簾的是，彼此互瞪火光四濺的三名少女，以及格外心驚的水明。

聰明的莉莉安娜一看見這個狀況，立刻頓悟這間房裡發生的所有事情。

因此自己的聲音被開門聲蓋住可以說是意外的幸運。女性們看了很有精神的自己一眼，二話不說再度互瞪。另一方面，對處在危險空氣中如坐針氈的水明而言，彷彿看見了從天而降的救贖，他露出安心的表情轉向莉莉安娜。

水明僵硬且為難的聲音傳來。

「莉、莉莉安娜嗎？怎麼了？」

對於這個問題，莉莉安娜輕輕關上門。

「什麼事、都沒有。我、回去了。再見……」

「不，等等。別走。不要再見。留下來。拜託。」

「別在意我。請加油。」

「喂喂喂喂喂！妳不是有事找我嗎？妳剛剛說話了吧，『ㄅ』什麼的？妳說了什麼？」

發現水明緊抓著莉莉安娜不放，其他的視線集中過來。大概是察覺了什麼吧，接著。

先不提翡露梅妮雅和蕾菲爾，不知何時到訪的勇者初美眼神格外恐怖。

「那孩子，我記得叫莉莉安娜？感覺她剛剛好像說了抱抱……」

她聽見了嗎？初美半瞇著眼看向水明。勇者的耳朵實在可怕。

另一方面，水明因為知道抱抱是什麼意思所以回答聲線有點破音。

「啊！啊啊那個是！那個是因為……」

「我說你，該不會讓這麼小的女孩子做了什麼不正經的事情吧？」

「我怎麼可能讓莉莉安娜做什麼不正經的事情！」

「那剛剛是什麼？」

「咦？不那個、那是……」

初美眼神銳利地看著含糊其辭的水明，彷彿在看螻蟻般的視線。就連旁觀的莉莉安娜都不寒而慄。但允許自己抱抱的水明絕對沒有下流的想法，因為他也失去了家人，所以更能懂得自己感受到的寂寞，就是為了緩解這份寂寞，才會接受自己的撒嬌。

但是，在這種翡露梅妮雅和蕾菲爾爭風吃醋而讓危險程度倍增的氣氛下，自己說明完之前，水明就會被爆發的初美砍了吧。

面對難以說明的水明，初美將手伸向繫在腰間的刀。當鏗鏘的金屬出鞘聲響起，水明發出了「咿」這種從來沒聽過的丟臉聲音。

「那個……」

「唔姆，那是因為……」

另一方面，翡露梅妮雅和蕾菲爾也難以伸出援手。實際問題出在莉莉安娜要求抱抱是事實，無法一下子把話帶過。

因此，能打破這個現狀的只有莉莉安娜。

初美現在拿出面對魔族也不曾有過的氣勢向水明施壓，就像魔王一樣。大概不只莉莉安娜這麼想吧。雖然沒見過魔王，但也找不到其他形容了。

於是莉莉安娜介入兩人之間。

「——勇者初美，不是抱抱，是拜託。我來是為了拜託水明詳細補充之前教過的脫魂魔術，我說的是『拜託教我脫魂』，妳聽錯了。」

因為對峙帶來的緊張，莉莉安娜不自覺用上報告時的機械語氣。但這個藉口似乎找得不夠好，初美的表情依舊恐怖。

「哼，既然這樣，為什麼他們三個都一副難以啟齒的樣子？」

「因為是祕傳魔術。任誰都不能輕易說出口，所以他們三位才會一時不知如何是好而猶豫吧。」

「不過……」

「勇者初美，首先，我看起來像會央求抱抱的年紀嗎？」

莉莉安娜用一隻眼睛看向初美。這是豪賭。報酬是些許安心，籌碼是水明的命。

初美語塞。雖然莉莉安娜體格尚幼，但用字遣詞都很成熟，所以能夠判斷不是那個年紀了吧。她很快就露出說了失禮的話的尷尬表情。

「也是。說得也是。對不起。」

「我也說了容易讓人誤解的話，非常抱歉。」

莉莉安娜停頓片刻，低頭鞠躬。這樣一來初美就不會繼續責備水明，她賭贏了。

但是，因為事情變成這樣，在初美回去之前，連翡露梅妮雅她們都不能抱了。

「啊……」

今天沒有比要忍耐抱抱更糟的事情了。

莉莉安娜在心裡抱怨「水明這個花花公子……」並微微鼓起臉頰。

接下來。

「所以三位，到底怎麼了……雖然、不問也能多少察覺到就是了……」

「對吧！妳們三個從剛剛開始就很奇怪……」

「水明請安靜。」

「咕噗。」

就在莉莉安娜要求水明閉嘴、再度將視線看向初美時，她就像小孩子一樣移開了目光。

「我沒事啊。」

此時，蕾菲爾雙眼閃爍著「正合我意」的光芒。

「哦？是那樣嗎？」

「咦!?那是，那個……」

蕾菲爾看著困惑的初美，而後者像是要收回前言般突然改變態度。

「也不是什麼事都沒有……吧？」

初美視線四處游移，看起來坐立不安。見狀，翡露梅妮雅表情嚴肅。

「您很不乾脆呢。」

「……是說初美小姐，妳不是有維札王子了嗎？」

還以為初美聽見蕾菲爾的詢問會滿臉通紅，但她只是立刻否定。

「我和維札不是那種關係……話說您那種說法聽起來就像我、我我我我我我喜歡這傢伙一樣！」

「沒有嗎？」

「沒有！無論是維札或這傢伙都沒有！」

初美多次強調後，突然惱羞成怒般將臉轉向一邊。雖然怎麼看都明顯是意氣用事，但好像只有水明沒搞清楚狀況。

另一方面，蕾菲爾似乎也因為說了些害羞的話而語氣生硬。

「那、那麼我們和水明要好有問題嗎？」

「那、那是……」

要好。因為這兩個字的解讀範圍很廣，所以難以否定。此時，還是沒怎麼搞懂狀況的水明加入交談試圖調解。

「我說啊初美，雖然不太了解情況，但妳用不著那麼生氣吧？大家感情要好不是什麼壞事啊？」

「……要好對你來說是什麼意思？」

「咦，所以說……」

眼見水明吞吞吐吐，初美突然鼓起臉頰。然後激動地大叫。

「什麼啊！明明是你自己說來救我是你的責任！我都聽賽爾菲說了！」

「哎？欸？什麼？嗯，我記得確實有那樣說過啦。」

「不是要保護我嗎!?」

「的確是那樣沒錯。很普通吧？是家人的話。」

「不普通！」

「咦？咦？」

水明因為初美和想像中不同的回答而困惑。對他而言，當時是為了保護重要的家人才挺身而出，因此根本想不到除此以外的理由吧。被初美這樣一口氣否認後難免覺得莫名其妙。

聞言，不能當作沒聽到的翡露梅妮雅逼近水明。

「水明閣下，我想詳細詢問您對這部分是怎麼想的。」

「我也很在意。對，非常在意喔。」

「把話說清楚！」

水明被三個人不斷逼近。雖然從旁觀角度來看挺值得同情，但都是自作自受。

「那、那個、那個、那個……我說各位，這麼大聲會給其他人添麻煩，妳們不能稍微冷靜溫和一點嗎……」

水明試圖引開話題，但有人接口。

「沒問題喔水明，剛才、我已經在整間客房張開了隔音結界。」

「噢噢！謝……喂不對！和我的打算不一樣！」

「不行嗎？」

「不也不是不行但不是那樣……喂莉莉安娜妳是故意的吧！」

莉莉安娜朝水明比出之前學過的豎起拇指手勢，然後立刻將拇指倒轉。下地獄吧。絕不允許水明在此時落跑。自己都已經放棄抱抱了，要是他不遭點報應實在不划算。

「友、友方……」

「之所以沒人站在你這邊，是因為『殺人必沾血』。」

聽見莉莉安娜曾經說過的話，水明無力地垂頭喪氣。但是，女孩子們的追擊尚未結束。

「我說八鍵……剛才說的話到底怎麼樣？」

「不是啦，該說妳搞錯了嗎！我單純是想保護家人，沒有其他意思……」

「這樣當然會產生誤解啊！」

「唔姆，必須對你這種曖昧的表現方式說上幾句呢。」

「水明閣下！事情不說清楚、不說正確的話就無法傳達出去喔！」

明明到剛才為止都還火花四濺的三人，現在一起瞪著水明。

「妳們為什麼突然結盟了啦……」

水明暫時陷入被三人嚴厲說教的慘況。

❖ ❖ ❖

「那麼，我差不多該回去了。」

「……我送您。」

水明臉色蒼白、無力地回應表示要回城的初美。

因為直到剛才都處於被逼問和說教的慘況，水明已經失去朝氣，整個人無精打采。

明明中午剛過，天空還很晴朗，只有這裡氣氛慘淡。

初美向大家道別後，蕾菲爾和翡露梅妮雅同樣站起身。

「我們也一起去吧。」

「說得對，大家一起送您吧。」

「欸……那個，不用送也沒關係……」

不知不覺間演變成全員都要相送的事態，初美怕添麻煩而想拒絕。

但她們似乎不是只想送別。

「不是的。圍在中間，其他人就看不出來了。」

聽見莉莉安娜的話，初美拍了拍手發出「啊、原來如此！」的恍然聲音。只用斗篷藏住身形不夠可靠。如果全員組成人牆行走，憲兵們就不會發現勇者的存在了吧。

對談結束，水明等人將初美圍在中間走出宿舍。走在通往宮殿的路上沒多久，初美突然向蕾菲爾她們道歉。

「剛才很抱歉，我喊得那麼大聲。」

「我們並不介意喔，不用道歉也沒關係。」

雖然水明因為蕾菲爾那樣爽朗的回答發出了「欸？」的反駁聲浪，但立刻被翡露梅妮雅瞪了。回想起剛剛被群起攻之的慘狀，意志消沉的水明一句話都沒敢多說。

「……真是的。都是水明閣下說些讓人誤會的話不好……勇者閣下，即便方才發生了各式各樣的事，但之後我們要好好相處喔。」

「咦？好好相處指的是？」

初美似乎大致上把她們當成情敵，所以對翡露梅妮雅的提案感到困惑。蕾菲爾搖頭回答她的疑問。

「那件事歸那件事，這件事歸這件事。最好分開來想。」

「就是這樣。」

「……說得對。嗯，請多多指教。」

「雖然不知道妳們在說什麼，但可以好好相處的話實在感激不盡……」

事態似乎終於往和平的方向發展了。水明因為氣氛開始一團和氣而放下心時，莉莉安娜好像察覺什麼般對他開口。

「水明，前方有些吵鬧。」

「嗯？」

水明隨著莉莉安娜的通知凝神看向前方，道路前方似乎發生了什麼騷動的樣子。

「什麼啊？正午就暴動？喂喂開玩笑的吧？」

從騷動規模來看，怎麼想都不只是吵架程度的爭執。遠遠的似乎就能看見激烈的暴動，還連續聽見類似悲鳴的慘叫。

除此之外，感覺怒吼和令人不安的聲音也越來越大。

「發生什麼事了？」

「不平靜呢。」

水明詢問從騷動處快步往這邊逃的男子。

「不好意思，請問前面發生了什麼事？」

「我、我不知道！那些傢伙原本在說教，突然就開始暴動了。」

「那些傢伙？」

「我也不太清楚，想知道的話去問別人。」

男子這麼回答後，逃難似地匆忙往水明等人後方跑了。

因為情況不明，水明等人與人潮逆行前進。周圍人們逐漸察覺騷動規模，紛紛開始逃跑。

不久後，始作俑者出現在眼前。

「這些傢伙是……」

「之前看過，叫做反女神教團的人們。」

人潮中斷，能夠看清前方後，站在那邊的是攜帶著金屬製棍子、穿著類似白色修道服般衣物的人們。和蕾菲爾說的一樣，那是以前曾在街上看過的宗教狂熱信徒。

他們不是一兩個人，而是以相當龐大的人數在行動。他們用手上的棍子敲擊地面，發出巨大的聲音，並破壞屋簷和圍牆。而且從頭到尾一語不發。沉默貫徹並重複流水作業般的暴力和破壞行為，讓人有種難以言喻的毛骨悚然感。

周圍傳來「你們在幹什麼！」「住手！」等怒喝與制止聲，但他們如同沒聽見般充耳不聞。應該有許多人在水明等人到達之前試圖遊說吧，但全都徒勞無功。

「要過來這邊了。」

「怎麼辦……啊，其實也不用問。」

「當然要制止！」

「沒錯。」

初美和蕾菲爾判斷水明的詢問是廢話。她們率先向前走出，開始用自己的武器攻擊暴動的教團成員。初美用未出鞘的刀準確擊中對方要害使之無法動彈；蕾菲爾也揮舞未出鞘的巨劍將教團成員壓制在地面。

哀號似的悲鳴聲響起。

教團成員因為兩人武藝高超而無計可施，接二連三躺倒在地。他們打不過她們，就在眾人以為騷動馬上就會結束時，突然看見附近小巷吵吵鬧鬧地湧出有著同樣打扮的成員。

「等等，這些人到底是哪來的啊……」

聽見初美困惑的聲音，水明使用遠見之術探查教團成員的出處。他沿著白色衣服追過去，想知道人數還有多少以及他們從哪裡出現。

「喂喂喂……這些傢伙不只在這裡暴動喔!?」

「請問那是什麼意思？」

「街道東西南北，到處都一樣。雖然好像還沒到宮殿那邊就是了……」

即便這樣，他們已經在街道各地出沒，而且同樣在鬧事。水明傳達消息後，初美打趴眼前的教團成員並轉頭。

「八鍵，最嚴重的地方在哪？」

「等等………武器街那邊。那邊不只持有棍子，還有其他武器。」

「恐怕是使用了從工房裡偷的成品吧。水明，憲兵的動向呢？」

「感覺應付那邊的白衣成員就忙不過來了……話說憲兵人數不夠喔，明明平常到處轉來轉去，而且不是說因為之前那件事強化警戒了嗎？」

「我覺得是繞回宮殿了吧，大概。」

「因為那樣附近才這麼空蕩蕩？就算這樣還是少……啊。」

翡露梅妮雅詢問因為自己說出來的話而靈光一閃的水明。

「請問怎麼了嗎？」

「水明也發現了嗎？」

水明向莉莉安娜默默點頭。另一方面，有所察覺的似乎不只莉莉安娜，水明向蕾菲爾使眼色時，後者點點頭。

水明向沒察覺的翡露梅妮雅和初美說明。

「恐怕是混入警戒的補充人員中了吧。」

初美從水明直接的說明裡察覺了吧，但也彷彿想起什麼不好回憶般表情扭曲。

「唔哇，這種手法就像哪裡的恐怖組織。」

「啊～我完全同意。」

雖然手法有點不同，但聽起來確實像是歐美各地發生的恐怖攻擊。恐怖分子混在旅客或移民、難民之中入侵國內並進行恐怖攻擊。

要說類似的話，這個手法確實很像。

收拾完周圍的教團成員，水明見機詢問初美。

「再來要怎麼做？去宮殿嗎？」

「武器街很危險對吧？我去武器街。」

「我想也是～」

應該說不愧富有責任感吧，這種認真的地方和喪失記憶之前完全相同。

「那麼，我來、開路。」

莉莉安娜結結巴巴地這麼說後，伸出食指指向位於武器街方向的教團成員們。手腕藉由視線直線延伸，從肩膀到指尖呈現完全水平。

然後，她做出稍微往前傾的舉動。

「咚咚！」

在發出擬聲詞般的聲音後，與莉莉安娜食指位於一直線上的教團成員，突然以驚人氣勢往後面的教團成員撞過去。

白色軍團中接二連三響起悲鳴。

「嗚嘎！」

「喂，在做什……咕哈！」

「什、什麼!?喂、喂！噗呼！」

因為他們是有組織性的行動，一旦衝突自然會產生連鎖反應。而且莉莉安娜依舊不斷發出「咚咚！」這種稚嫩的擬聲詞，導致狀況停不下來。

前方的教團成員只能束手無策地被遠處放出的無實體攻擊打飛。

另一方面，親眼目睹的翡露梅妮雅露出好奇的表情。

「水明閣下，莉莉現在使用的是？」

「那是脫魂魔術的一種，利用出竅靈魂的魔術。拉長自己的精神殼（星光體），直接撞上對方精神殼予以攻擊。」

脫魂魔術可以歸納出相當多適用的手法，是非常廣義的魔術。這是其中之一，也就是利用靈魂出竅、操作自己靈魂的脫魂技法。

藉由杖或手指等等指定方位，讓飛出的靈魂擁有方向性，並指揮出竅的靈魂直接攻擊對方的精神殼（星光體），將對方的靈魂從身體裡撞出來。因為精神殼與肉體是切也切不斷的存在，精神殼被撞飛的話，身體當然會被拉著一起飛走。

也可以說是隸屬於星光攻擊的強力魔術。

聽見水明的說明，翡露梅妮雅不知為何發出不滿的聲音。

「……您沒有教我這個魔術。」

「這麼說確實是。」

「才不是什麼這麼說。為什麼沒有教我呢？」

因為水明沒教過所以不高興了嗎？翡露梅妮雅以責備般的口吻逼問。

「那什麼，不要因為順序有點顛倒就鬧彆扭啦……」

「才不是有點！」

「從技術層面來說並不是那麼高級的魔術。」

「就算是這樣！」

聲音意外固執，翡露梅妮雅正罕見地在耍任性。

此時，旁聽兩人交談的初美稍微抬高聲量責備。

「我說，這種話可不可以之後再說？」

「說、說得也是，非常抱歉……」

「馬上就會、潰散開來。有突破口的話，就衝過去吧。」

聽見莉莉安娜的通知，水明等人穿過人潮通過橋梁來到武器街。

那裡當然會有水明看見的教團成員——

「騷動平息了？」

鱗次櫛比的鍛造工房以及販賣工房製造商品的店家，整體外觀和其他地區有所不同，但意外地寂然無聲。

放在屋簷下的木箱或招牌等等雖然有著遭到破壞的痕跡，但現在聽不見行使暴力的聲音。就好像暴風雨過後般的狀況。

「吶、你不是說這裡是最嚴重的地方？」

「是啊，到剛剛為止是那樣沒錯……那麼，這是怎麼回事？」

水明詫異地觀察四周。附近沒有任何人。武器街的人和矮人們都躲進店裡了嗎？但連暴動的教團成員都不在，這點果然很奇怪。

此時，水明看見有人影從前方走來。不只一人，可以聽見一群腳步聲。

來得正好。在這麼想的水明等人眼前，有個人與白衣的教團成員一同出現。

「這是……」

「是這樣啊。」

「真、意外。」

「喂喂，真的假的……」

翡露梅妮雅、蕾菲爾、莉莉安娜以及水明在看見引領著白衣教團成員的人物時，各自發出了驚愕的聲音。

而那個人物的身分是。

「──等您很久了。聯合的勇者，初美・朽葉。」

走到教團成員前方，說出彷彿早就知道初美會來這裡的人，是和水明等人因緣匪淺的修女克萊麗莎。

唯一不認識她的初美露出詫異表情。

「貓耳的、修女小姐……？」

「我的名字是克萊麗莎。請多關照。」

這麼回答的克萊麗莎朝初美優雅行禮。

另一方面，剛才看見水明等人態度的初美開口詢問。

「你們認識？」

「嗯，算是有緣。不過——」

水明回答到一半，蕾菲爾率先丟出逼問般的質問。

「修女克萊麗莎，妳可知道身後那些人所引發的騷動？」

「是，我知道。」

「看起來，妳和後面那些人並非毫無關係。這是怎麼回事？希望妳給我能夠接受的答案。」

但是回答蕾菲爾嚴厲詢問的人，不是克萊麗莎。

「…………唉，根本沒有什麼能夠接受的答案啦。」

「吉露！」

嘆著氣的吉貝托忽然從小巷現身。她走到克萊麗莎身邊，一副和她同陣營的模樣。

還是那副容易活動的打扮。但是，肩膀上扛著和嬌小體型不合的巨大斧槍。幾乎比掌心還寬的粗長握柄，以及讓人想到巨大鐵塊的斧刃與槍尖，整體大到能擋住吉貝托的身體。

當她將武器放到地面時，大地隨著笨重的巨響震動。

「喲，合法蘿莉。」

「所以我不是說聽不懂你的意思了嗎你這戀童癖（蘿莉控）……話說，你意外的冷靜嘛。」

「算是吧。在修女說出初美的名字後，我就掌握情況了。」

初美詢問聽起來知情的水明。

「八鍵，怎麼回事？」

「既視感。不覺得和因祿那時候很像？」

「啊！」

聽見水明這麼說，初美也察覺狀況確實和當時很像。而克萊麗莎對發出驚呼的她開口。

「既然您已經發現，那就容易溝通了呢。」

「那麼修女妳們，是襲擊水明閣下和勇者閣下的龍人的夥伴嗎？」

「是的。一如白炎閣下所言。」

「這些人也是妳們的同伴嗎？救世教會的修女率領著與之敵對的組織成員，聽起來實在諷刺呢。」

「確實。說是笑話再好不過了呢。」

克萊麗莎露出優雅的輕笑。另一方面，水明等人判斷克萊麗莎他們是敵人後，紛紛擺出備戰態勢。

見狀，吉貝托發出悶悶不樂的聲音。

「啊～啊，事情為什麼會變成這樣……」

「完全同意。吉露，既然妳在那邊，意思是妳也是敵人嗎？」

「是吧。雖然老實說我不想這樣……」

可以從吉貝托的語調中聽出很不積極。要和感情頗好的蕾菲爾為敵，果然對她來說有覺得難受的部分吧。

克萊麗莎斥責似地對她說。

「吉露，抱怨也無濟於事喔。」

「我知道啦……只是在想為什麼會像是瞄準蕾菲他們一樣，搞得兩邊相互敵對而已。」

「還不一定喔？」

「啊？」

聽見克萊麗莎的謎之發言，吉貝托發出疑問。接著，克萊麗莎轉向初美。

「勇者初美，我們需要妳的力量。請問您能否跟我們走呢？」

「理由是？」

「現在還只能說希望您跟我們走。」

「我拒絕。因為我還有必須要做的事情，請去找別人吧。」

「無論如何都不行？」

「無論如何都不行。妳覺得我會相信做這種事情的人？」

交涉果然決裂了。在坦言是因緣的夥伴那時，就知道交涉無法成立了吧。

克萊麗莎接著試探水明的態度。

「希望水明大人幾位能夠袖手不管。」

「我拒絕。」

「也是呢。」

在看見水明等人擺出敵對姿勢後，克萊麗莎很快就了解般點點頭。

「克拉拉，事到如今那種事情不用問也知道吧。在因緣報告那傢伙和勇者是親戚的時候開始，就知道要和大家為敵了。」

「姑且問看看。」

克萊麗莎冷靜回應吉貝托的勸告，然後開口。

「——那麼，由我來當蕾菲爾小姐的對手吧。」

「抱歉。」

「沒關係。水明大人幾位就交給吉露了。」

確定交手對象後，彷彿在周圍小巷裡伺機而動的白衣教團成員們紛紛現身。發現被包圍住，水明等人背對背組成圓陣。

「既然是那條渾蛋龍的同伴，絕對不能大意。」

「說得對。別的先不說，該怎麼行動？」

「首先打出一條不管發生什麼事情都能順利逃走的路線吧。至於誰該怎麼對應……」

「既然對方都指名了，就由我來當修女的對手吧。」

「蕾菲爾，請多加、小心。修女恐怕是、獅虎族的獸人。」

「果然是獅虎族嗎……」

蕾菲爾同意莉莉安娜的猜想，聽見兩人對話的翡露梅妮雅也露出了不愉快的表情。

「莉莉安娜，獅虎族是什麼？」

「將貓科獸人類奉為先祖的獸人之一。說是眾獸人中最強的一族也不為過。」

「哇塞真的假的……」

「明明都有龍人了接下來還有啊……」

水明和初美因為又有被稱為強力種族的對手登場而頹然。蕾菲爾則和兩人相反，發出好戰的聲音。

「以對手來說很足夠了。」

蕾菲爾露出虎牙充滿自信。另一方面，水明環顧周圍的教團成員開口。

「我們先處理這些白衣成員。梅妮雅負責警戒吉貝托。」

「明白了。」

水明等人盤算時，白衣集團已經逐步逼近。蕾菲爾跑向克萊麗莎所在方位，後者則將手伸進修女服的兩隻袖子中。

——暗器嗎？就在蕾菲爾有著如此預感並做好防備時，克萊麗莎很快就將手伸出袖子。她的指尖沾有會讓人覺得是顏料的紅色與黃色粉末。

克萊麗莎捲起袖子，用指尖在臉和手上各自畫出鮮明線條，一筆、一筆描繪出獨特的模樣。

「那是……」

水明看著似曾相識的行動瞇起眼。那個該不會是——就在他這麼想的時候，克萊麗莎已經準備好了。她雙手長出尖銳的鉤爪，犬齒也拉長到下顎。

看見克萊麗莎外貌的改變，初美和水明驚訝出聲。

「劍、劍齒虎？」

「喂喂劍齒虎可不是貓科啊……」

兩人目瞪口呆時，克萊麗莎周圍飄起猛烈魔力。彷彿肉食動物放出的殺氣擁有實質力量般，死亡的空氣肉眼可見。

水明從她醞釀的氣氛中聯想到的答案是。

「……族靈崇拜（圖騰崇拜）。」

「您真清楚。」

克萊麗莎敏銳捕捉到水明平靜流露出的低語了嗎？她臉上浮現笑容，肯定水明的話。另一方面，水明因為她的回答大吃一驚。

「那是我的臺詞。為什麼修女會知道那個？」

「關於這點請容我保密。」

「可惡。你們真的有很多內幕啊……」

聽見水明不愉快的呻吟，和克萊麗莎對峙的蕾菲爾高聲詢問。

「水明！修女的那個是什麼!?」

「所謂族靈崇拜是屬於我們的世界的類感魔術！藉由模仿各種象徵事物、動植物的力量並將之收為己用的技法，我想修女大概也是經由剛才的臉部顏料和身體顏料獲得了加護！這種對象主要以獸類居多……」

「意思是，修女獲得了獅虎族祖獸的劍虎之力嗎？」

所謂的祖獸，是指獸人身上的獸類部分生物吧。雖然克萊麗莎原本就有那份力量，但恐怕藉由剛才的圖騰儀式讓力量增幅了好幾倍。

從**身為獸人**那時起，修女的氏族祖先與象徵是親屬關係這點就無庸置疑。再加上剛才的儀式行為，可以說達成了圖騰崇拜成立的兩個條件。

但重點是……

「圖騰崇拜雖然是我們的世界的魔術，但因為術理原始，所以不是沒有在這個世界同樣成立的可能性。但是……」

「修女剛才肯定了水明閣下使用的名稱，也就是肯定水明閣下的世界的語言。這樣一來……」

意思是克萊麗莎，不對，克萊麗莎他們和那邊的世界有著什麼關聯。

水明察覺這件事，並且想起羅密歐。她們周圍隱約顯現出與水明的世界有所關聯的影子。

於是，蕾菲爾和克萊麗莎以武威對峙。

「克萊麗莎・獅虎，要上了。」

「構成吾身的精靈之力啊。疾速回應吾之意志……」

蕾菲爾一詠唱完那句話，從藍天憑空冒出的赤色旋風捲起漩渦肆意飛揚，侵蝕著周圍的空氣。另一方面，克萊麗莎的武威也在釋放後以猛烈魔力出現，如同銀色斬擊般向四周擴散。

雙方衝突。蕾菲爾連續揮出強力斬擊，但克萊麗莎以快速敏捷的動作閃避開來，並趁機以爪猛攻反擊。

是藉由圖騰崇拜強化了嗎？還是因為猛烈魔力在周圍形成結界般的支配領域（Rule area）了呢？克萊麗莎似乎完全不受蕾菲爾在其周圍颳起的赤風影響。平常的話，對手會被赤風吹飛，蕾菲爾本身也會利用那道風毅然實行直角移動，但現在哪邊都做不到。

和蕾菲爾勢均力敵或者更強。也就是，克萊麗莎擁有足以與魔族將軍勒賈斯匹敵的力量。

另一方面，留心著這場戰鬥的水明等人運用各自的戰鬥方式打倒周圍成群結隊的教團成員。初美使用劍術，翡露梅妮雅行使風的魔術（魔之風），莉莉安娜連發剛剛的指定（星光）魔術（射擊）逐一驅散對手。

最後，水明有節奏地連彈手指，不斷放出彈指魔術。周圍的白衣教團成員瞬間倒地不起。

「周圍的處理完了！我也過去支援…………什麼!?」

就在水明這麼往蕾菲爾的方向喊時，他的腳邊突然描繪出魔法陣。這對能夠發現魔法陣的水明來說，是從來不曾經歷過的事情。魔法陣描繪出的文字數字設計也很陌生。但是——

「腳被定住了!?喂這該不會……居、居然是異界傳送!?」

宛如踏入無底沼澤一般，水明的身體逐漸沉入魔法陣中。就算掙扎著使用飛行魔術試圖離開魔法陣，但不知道是不是法術效果把水明的魔術無效化了，下半身很快就埋進地面。

「水明閣下，請抓住我的手！」

翡露梅妮雅這麼說著伸出手，但水明臉色窘迫地揮開了她的手。

「不行！這樣適得其反！」

「但是！」

「我會想辦法！我馬上就回來，所以梅妮雅妳們將那些……」

在水明把話說完之前，整個人已經沉入魔法陣中。

物體沉入水中般的波紋使魔法陣微微震動。無計可施只能眼睜睜看著的翡露梅妮雅等人浮現驚愕與絕望交加的表情並低語。

「水、水明閣下……」

「沒想到，水明居然——」

「等等、騙人的吧……」

水明被魔術擺了一道這種事態，對她們而言是天翻地覆般的衝擊。

並且從那個事實中產生了前所未有的焦急。

「剛剛到底是誰……」

這裡存在著能夠陷害水明這種程度的魔術師的人。翡露梅妮雅環顧四周，但找不到感覺像是能做出這種事的對象，也因此更加焦躁。

「翡露梅妮雅，這些、之後再說。現在全員、要應戰眼前的敵人。」

「對手剩下一個了。」

莉莉安娜和初美提醒翡露梅妮雅專心應付吉貝托，而後者突然朝藍天舉起左手。

「很遺憾，還有喔。」

就在吉貝托這麼說著彈指後，小巷裡再度出現伺機而動的教團成員。

因為無論怎麼打都不會減少，初美發出呻吟。

「沒完沒了……」

「沒那回事吧。救世的勇者、和因祿勢均力敵的魔術師、精靈的神子、代表國家的魔法師們，對手是你們的話，不管有多少人都不夠。所以——」

吉貝托突然揮手。下一秒，強烈的力量波動以她手腕為起點發生，猛擊般的風襲來，與此同時，地面碎裂四散。

翡露梅妮雅最先反應那是吉貝托的攻擊。

「──風為吾守。充滿外側、而後彈開來襲之物！」

衝擊波和堅硬土塊因為翡露梅妮雅的魔術行使而在她們面前被彈開。

見狀，吉貝托露出彷彿稱讚她做得很好般的笑容。

「哦，不愧是白炎。」

「妳剛剛做了什麼……？」

「剛剛？沒啊，只是揮手而已。不是什麼大事，那隻龍人也做得到類似的事情。」

吉貝托就像在說雕蟲小技不足掛齒般隨意回答，但所有人都能充分想像，那需要擁有多大的力量才能做到。

「好了，我上囉！」

吉貝托當場扭腰、高舉武器。明明雙方相距一段距離，她究竟有什麼打算？考慮到來自攻擊範圍外的斬擊，初美提醒兩人注意。

但她的預測錯誤。就在吉貝托似乎用盡全力揮舞斧槍後，斧刃脫離斧柄飛了過來。

「什麼!?改造武器！」

「沒錯！這是我特製的鎖鍊斧槍。看招看招，好好躲開喔！」

吉貝托得意洋洋地回應翡露梅妮雅的驚呼。斧槍前端由鎖鍊連結，隨著鎖鍊的摩擦聲響飛出。

斧槍前端因為離心力和吉貝托的操作，在空中劃出神出鬼沒的軌道，並朝翡露梅妮雅等人落下。

翡露梅妮雅立刻後退閃避來自死角的攻擊，而那如同流星墜地的斧槍前端究竟乘載了多大的力道呢？隨著大地爆炸般的轟然巨響、被擊中的地面化為岩彈散射開來。

躲避破壞餘波的翡露梅妮雅發出不愉快的呻吟。

「為什麼是憑力氣的戰鬥……」

「因為我從出生以來就只會這樣打囉，原諒我沒有才能吧。」

吉貝托笑了，再度將斧槍前端拉回斧柄上。此時，莉莉安娜走到前方。

「翡露梅妮雅，我來支援。」

「得救……」

「啊～！妳退下！我不想和小孩子打！」

看見走出來的莉莉安娜，吉貝托突然大喊。既不想和蕾菲爾戰鬥，也不想和小孩子戰鬥嗎？還真是有著各種破綻的對手。

「那麼，不要戰鬥、就好了。」

「那也不行啊！啊啊啊啊啊啊真是的！喂白炎，不要把莉莉安娜・贊德克當成擋箭牌哦。」

「當然不會！」

翡露梅妮雅對以命令口吻這麼說的吉貝托回喊「用不著妳說」。見狀，為了對應這個狀況，這次由初美跑上前。

「翡露梅妮雅小姐，由我來！」

「非常抱歉初美閣下！」

言出必行。初美立刻直奔吉貝托，刀置於鞘中，收在腰際，隨時都能『出鞘』的狀態。她打算進入攻擊範圍內就拔刀。

但有什麼宛如流星的東西突然朝她飛來。

「咕——」

東西近到眼前才反應過來的初美立刻拔出祕銀大太刀擋住。和銀色刀身相撞的是兩把奧利哈鋼製短刀。

沿著劍鋒看向對手，那裡站著一個身穿純白修女服、斗篷連帽蓋住上半張臉的少女。

少女反手握著奧利哈鋼短刀進行騷擾攻擊，初美也迎向那激烈的斬擊。對方毫無雙刀對一把刀的戰鬥顧慮，巧妙地運用武器徐徐後退。

初美偶爾可以看見少女藏在連帽下的雙眼，但那雙眼睛似乎很空洞，讓人感覺沒有焦距。

「我的對手是妳？」

「……………」

全身白的少女沒有回答初美的問題。雖然充耳不聞般的反應和其他白衣成員一樣，但她的樣子有些詭異。

於是，吉貝托回答初美的問題。

「那傢伙是妳的同伴喔。」

聽見同伴兩個字，初美瞬間想到賽爾菲他們，但也很快察覺還有其他符合同伴形容的人選。

「妳說同伴……這個人也是勇者!?」

「沒錯。做為勇者的對手再好不過了對吧？」

初美眼光銳利地回瞪說出這種侮辱般問句的吉貝托。少女的目光空洞，不像是擁有自我意志。也就是說……

「跟你們走的話，就會變成這樣呢。」

「要是妳拒絕協助的話啦。」

吉貝托這麼說著，再度舉起斧槍。

這是當午後陽光即將轉為晚霞之時。

❖　❖　❖

「蕾菲爾小姐，您的劍看得出憤怒與焦躁。」

克萊麗莎背對已經西斜的暗紅陽光站在三角屋頂上，俯視蕾菲爾以勸戒般的語氣這麼說。

距離戰鬥開始已經過了一段時間，即將逼近夕陽時分。蕾菲爾因為格外耀眼的夕陽瞇起眼，反問對手。

「那是什麼意思？」

「就是您聽到的意思。您的劍法反映出焦躁。很抱歉我只能說得比較籠統，但您的劍並沒有取得平衡。」

蕾菲爾冷哼一聲，否定克萊麗莎指出的缺陷。

「我和使用這種花招的對手戰鬥過。那種為了讓自己能夠與對手的力量抗衡、為了掌握勝利的開端、為了動搖對手而胡說八道的姑息手段。」

「這是忠告。雖然蕾菲爾小姐稱為勝利，但對我而言，這場戰鬥中並不存在想獲得的勝利。若您了解我們的目的就應該能自行判斷才對。而且，您察覺了吧？就在您對戰鬥的勝利說三道四那時開始，您就著急地想要獲勝。」

「……希望妳別說得好像什麼都知道一樣。」

「忠言並沒有那麼逆耳。我也很熟悉，忠告聽起來像是多管閒事，以及站在強者的立場行動比什麼都要痛苦。」

那確實是看穿一切的說法。戰鬥當中類似忠告的話語，比什麼都要讓人火大。正因對方還說她全都理解，才更讓人覺得惱怒。

想用劍擊讓對方閉嘴。雖然這麼想，卻因為無法輕易做到而更加不悅。克萊麗莎所在地並非蕾菲爾觸手不及之處。但是，即便在這裡揮劍、擊出纏繞著赤迅的劍擊波，也絕對打不中克萊麗莎。

因此，蕾菲爾只能聽著克萊麗莎彷彿通情達理的話語。

「蕾菲爾小姐，正因能夠接受忠告，人才會變強。我的願望就是，無論誰都能獲得不輸任何事物的強大。不對，應該說這是我們的願望。」

對方那種高聲演說虛無縹緲道理的模樣，可以說很有救世教會神官的作風。

但是，蕾菲爾也有話想說。

「……修女，我也給妳忠告吧。要知道，向戰鬥對手發表高論是勝利後在做的事情。只有將對手按倒在地、痛打到發不出聲音來，才有高聲宣揚主張的權利。」

「確實。您說得沒錯，您的忠告令我不勝惶恐。」

「——嘖。」

採納，並且致謝。克萊麗莎從屋頂上朝如此嚴肅斷定的蕾菲爾恭敬鞠躬。

在這種狀況下表現出那種態度的女性身影，觸怒了蕾菲爾。

「但是——」

克萊麗莎說出這樣的開場白，然後冷哼。接著——

「靠著那種見鬼的無謂矜持，只會讓自己被敗北的汙穢弄髒罷了。那種垃圾般的白白犧牲根本毫無價值可言。」

她露出從至今為止的有禮態度完全無從想像的粗魯態度、用字遣詞，以及殺氣。妳搞錯了。聽出這樣的言外之意，蕾菲爾不寒而慄。

克萊麗莎的話似乎說完了，她從屋頂彈起般飛躍、直線往蕾菲爾撲來。其速度輕易超越獸類，視線無法捕捉。她的行動本身就是斬線。只不過從旁邊通過，蕾菲爾身上就出現不知道是爪或牙造成的撕裂傷。

「咕……」

蕾菲爾現在只能看見什麼通過後留下的殘影般的線條。她能用劍猛刺那裡，但因為捕捉不到對手，所以其斬擊沒頭沒腦。既然連會砍到對手哪裡都不知道，那這個劍擊又怎麼會蘊含必殺。這種希望能打中而揮出的劍，根本不可能打得中對手。

「哈！」

預測斬線通過的軌道，將劍與赤迅同時揮出。

但是，無論聲音喊得再大，揮出的武器依舊落空。

因此感到焦慮。繼續這樣下去，自己會輸。

蕾菲爾因為腦中突然浮現的預想而在心裡搖頭。無法接受敗北，自己已經決定不會再輸了。

「既然如此……！」

如果打不中，那只要想辦法打中就好。這樣才叫粉身碎骨。完全無視之後的事情，只要在斬擊能夠觸及的現在賭上一切、只要精誠所至，必殺就會貫通。以這個解釋為基礎，蕾菲爾堵到斬線前，揮出用盡全力的一擊。

「噢噢噢噢噢噢噢噢噢噢噢噢噢噢噢噢噢噢噢！」

但是。

劍揮空，隨著擊中預感的同時，指責話語傳進耳中。

「天真。」

「咕啊！」

蕾菲爾束手無策地被襲向身體的衝擊打飛。能看見是肘擊。雖然立刻避開要害，但依舊承受了整個力道。

就那樣在地面翻滾。能夠聽見翡露梅妮雅等人悲鳴般的聲音，以及吉貝托的怒吼。一瞬間意識模糊，但因為有不可以昏過去的強烈信念而拚命操控意識，利用翻滾的姿勢重新站起。

「不愧是精靈的神子大人。」

「嘖……」

彷彿甩落刀上的血般揮了揮爪子，克萊麗莎悠然往這邊走過來。可以從她的舉動中窺見游刃有餘，和自己完全相反。蕾菲爾有種對方會再度像剛才一樣數落自己的感覺。

此時，地面突然描繪出魔法陣。一如方才看過的景象，蕾菲爾和翡露梅妮雅等人咬牙擺好戰鬥姿勢。

但是，最終出現的是剛才掉進魔法陣中的水明。

「雖然不知道是哪裡的誰但幹得不錯嘛……」

水明呈現單膝跪地的狀態，語氣平靜地表現憤怒。衣服變成了黑西裝，看來似乎沒有受傷。

蕾菲爾向那樣的他開口。

「水明，你沒事嗎……」

「是啊……喂！蕾菲妳沒事吧!?」

「還行吧。」

就在蕾菲爾勉強露出笑容的時候。

「——但是，和我的戰鬥可以說是輸了吧。」

腳掌踩在地面帶起的沙塵隨風飄散，克萊麗莎逼近蕾菲爾。聽見她的話，蕾菲爾眼角因為悔恨和焦躁而吊起。

察覺蕾菲爾無法行動，水明上前庇護。見狀，克萊麗莎似乎對和他戰鬥心懷危機感，大幅度後退拉開了距離。

就在她採取觀望態度時，水明朝翡露梅妮雅等人的方向發出詢問。

「梅妮雅，妳們那邊怎麼樣!?」

「還、還行……」

「初美！」

「我們忙得不可開交！」

「嘖……」

翡露梅妮雅正對吉貝托的巨大改造斧槍展開防禦魔術。她展開了全方位防壁，擋住只有嬌小的女性矮人才知道會從哪裡來的致命攻擊。翡露梅妮雅和在她身後輔助的莉莉安娜總共兩雙眼睛，費盡心思地想看清攻擊落點。

雖然能夠防禦，但也只能進行防禦。

在她們附近揮劍的初美，正困在和白衣少女的戰鬥之中。

——只能逐一解決了。

水明對現狀得出這樣的處理答案，就在他一鼓作氣提高魔力時，吉貝托大喊。

「喂，克拉拉！」

「我知道！」

克萊麗莎回應呼喚，保持距離。另一方面，吉貝托也拉回斧槍前端，站到克萊麗莎身邊。

「吉露，不可大意喔。水明大人打倒了羅密歐，還是那個因祿認可的對手。」

「我還在想他為什麼會認可這種傢伙，原來不是『平常人』啊。偽裝到極限了是吧。」

親眼目睹水明的力量，吉貝托吐了口唾沫。她們身邊纏繞的武威很強烈。對於兩人所說的力量不亞於那個因祿的表達方式，水明毫不客氣回應。

「妳們沒資格說別人吧。」

「雖然是這樣沒錯。」

吉貝托直率承認，而她身邊的克萊麗莎再度提案。

「水明大人，您願意帶著蕾菲爾小姐她們離開嗎？」

「那是我的臺詞喔修女。雖然不知道妳們想做什麼，但希望可以考慮用其他方式。能夠接受嗎？」

「如果做得到的話……」

吉貝托回答時，事態走向突然發生改變。

「──克萊麗莎、吉貝托，現在可以了，退下吧。」

天空突然傳來男人的低沉嗓音。水明仰望茜色天際，將視線看往發聲的方向，發現平坦的三角人字形屋頂上有個人影。

「呿，又增加了──啊？」

罵到一半，水明立刻察覺奇怪的事。夕陽快要西沉，不用多久就會日落，即便如此，一旦站在毫無遮蔽物的屋頂上，其身影應該會很明顯。

但是，向克萊麗莎等人發出撤退命令的人物，彷彿身處海市蜃樓中，不知為何看不清楚他的模樣。

男聲再度對克萊麗莎她們開口。

「走了。」

「請問這樣好嗎？」

「時機已然錯過。太遲的話，會被捲入不必要的事情當中。」

「被捲入是指──」

就在克萊麗莎如此詢問海市蜃樓的男人時，不知何處突然傳來夜鶯鳴囀的聲音。接著，世界震撼。那是和地震不同的不可思議空間動搖，而後夜鶯的啼叫變化為巨大鐵製品摩擦時發出的聲音。

「……居然在這種時候發生神祕立場動搖（Manafield · Vibration）？」

發出這種困惑聲音的人是水明。對身為魔術師的他而言，這場搖動是熟悉現象，但完全找不到引發這個現狀的要因。再加上，現在發生的搖動，和平常使用魔術之際引發的搖動相形之下，有種難以言喻的異樣感。

另一方面，吉貝托因為這非比尋常的現象而發出驚呼。

「這、這是怎麼回事!?」

她似乎是初次遭遇這現象，對與地震不同的震動而感到困惑。身邊的克萊麗莎也和她一樣，一邊和吉貝托同時注意著水明等人，一邊不敢大意地環顧四周。

「冷靜一點，吉貝托、克萊麗莎。」

「但是，戈特佛里德大人！」

「沒有問題。這也在假想範圍內，老實等著很快就會結束。」

一如那道聲音所言，搖晃不久後就停止了。

確認平息下來之後，翡露梅妮雅詢問。

「水明閣下！這是？」

「不，我現在也……」

無論是發生原因、或者這震動是何種事態的前兆，水明現在完全沒有頭緒。神祕力場動搖是高位格存在的顯現，以及大魔術行使等等的前兆。

但是這次的狀況並不符合上述的發生條件。

不過它確實發生了，通知自己世界有了某種變化。

那麼為什麼會發生？就在水明這麼思考時，才突然察覺現在『是什麼時刻』了。

「是嗎，是因為黃昏時嗎！」

沒錯，位於日與夜之間的曖昧時間，也就是日暮之時。在這個時間，有被稱為『怪異』、『終末的怪物們』等等存在現身的可能。

就像要肯定水明的靈光一閃是正確答案般，夕陽西沉的反方向，夜幕化為陰影，在藍色浪潮慢慢爬過夕陽照耀的地面、宛然展開侵蝕的領域中，突然裂開了黑點。

那裡突然湧出漆黑的獸類。

「那、那是什麼!?」

親眼目睹漆黑的獸類——怪異從無底坑內噴出般接連湧現，初美發出驚呼。另一方面，蕾菲爾多少比她冷靜，為了看清其真面目而仔細觀察。

「狗……不對，狼嗎？」

「總覺得、毛骨悚然。」

那個漆黑的模樣，讓莉莉安娜想起罪孽深重的身影和不祥生物了吧。她一看到怪異就反射性躲到蕾菲爾身後。

獸類外型確實如蕾菲爾所言，是像狗但也像狼的曖昧模樣，染滿身體的黑讓人想起黃昏時能看見的暗影。大概是瞳孔的部分如鮮血般通紅且可怕，周圍飄盪著影子般的帶狀物。

翡露梅妮雅因為這好像在哪見過的模樣而瞪大雙眼。

「這個是，以前王城出現過的怪物……不對，這是現象嗎？我記得——叫做終末事象(Twilight・Syndrome)？」

「是啊，沒錯，也就是怪異。妳之前看過的被稱為乙種，這個比較小，也就是丙種。」

眼前這非狗亦非狼的生物，對魔術師而言是終末事項的一種，畫分在丙種怪異之內。

由於這個現象最初被觀測到的地方是法國，所以最初期發生的現象就稱為「狗與狼之間」，其概念也因此而定。

這句賦予安寧中瀕臨危險之意的話語，卻給予了那個現象型態，沒有比這個更諷刺的事了吧。

湧出的怪異行動毫無規則性，有的亮著潛藏在黑影裡的紅眼，有的待在夕陽照射不到的領域內低聲咆哮，迫不及待地瞄準著生者。

不只水明等人在目標範圍內，吉貝托和克萊麗莎也不例外。

吉貝托朝一旦陽光消失就會群起而攻的怪異咂舌。

「嘖，那些傢伙也看著這邊。」

「置之不理吧，吉貝托，那是非劍主（Sordtamer）或魔術師便無法打倒之物。上前也只是白費力氣，不用出手。」

「我知道，但是……」

「戈特佛里德大人……」

這樣下去不是很糟嗎？看出克萊麗莎眼底的傾訴，站在屋頂上的海市蜃樓的男性仍舊否定。

「不，吾等無法打倒。即便袖手旁觀，那個男人也會想辦法吧。他不可能做不到，也不可能不去做。沒錯吧？」

停頓片刻，海市蜃樓的男子開口。

「——魔術王涅斯堤海姆的弟子，現代魔術師（Superior Wizard）啊。」

聽見宛如知曉自己身分的說法，水明慌忙看向屋頂。

「你知道!?」

雖然水明這麼喊，但海市蜃樓的男人沒有回答。彷彿在用言語玩弄水明一般。

但水明似乎看見那張模糊不清的臉上浮現了淺笑。

「各位，撤回。」

海市蜃樓的男人這麼催促克萊麗莎和吉貝托，以及白衣的教團成員們。

「慢著！你還沒回——」

「雖然沒有回答的義務，但是，也是……就告訴你一件事吧。記住了，吾等是普遍的使徒（Universitas）。」

「普遍……？」

就在水明浮現困惑表情時，海市蜃樓的男人為了預防追蹤而詠唱咒文。

「顯示聖像。炎與抵抗，擁有質量的虛空。其概念藉由吾之言語合而為一，轉化（Code pragmatic Flame resist kenon. To become one. It turned）為泥（into mud）。」

神祕的行使。就在如此察覺的瞬間，水明等人和克萊麗莎等人之間的空間，出現魔力光描繪出的圖形與記號。他剛這麼想時，火焰隨機噴出，引燃附近然後全數變成產出熱浪的紅色泥土。

紅色泥土宛如火焰延燒般開始倍增，其周圍又生出火焰，組成火牆擋住逼近的怪異。雖然怪異也想追著克萊麗莎等人不放，但始終無法突破泥土存在的領域。
另一方面，水明看見那個術式的行使十分驚訝。
「剛才的是……」
雖然魔力光畫出的記號和圖形很陌生，但那並非這個世界利用元素的魔法。也就是，那是魔術，而且還是水明想得到的魔術。
「水明！雖然不知道你在驚訝什麼，但現在沒有時間發呆喔！」
「啊、啊啊！對喔！」
聽見蕾菲爾提醒，水明將意識集中到往這個方向過來的怪異身上。現在不是想那些的時候。回過神，怪異們隨著夜幕已經幾乎來到身前。
「──遍布之風傳遞，將映照出的不動搖火炎歸於身側！傾聽吾聲！汝為染白的愛伊西姆！傾聽吾聲！汝為撣去各式災厄的愛伊西姆……」
翡露梅妮雅對怪異放出白炎薙魔術。白熱光線掃盪開了怪異，但怪異們彷彿什麼事都沒發生般毫髮無傷。
「水明閣下，請問這該怎麼處理!?使用魔術也沒什麼效果……」
「退後！這些用普通魔術打不倒！梅妮雅帶著莉莉安娜退到後面！」
「我、我知道了！」
翡露梅妮雅聽從水明指示，帶著在蕾菲爾身後的莉莉安娜退到黑暗尚未覆蓋的後方。此時，水明轉向蕾菲爾。

「蕾菲也退後！那些傢伙很特殊……」

「等一等，我試試看。」

蕾菲爾這麼說著，將沒有收起的劍鋒纏上赤色旋風並高舉，朝從陰影中飛奔而出的怪異砍去。

身為精靈之力一部分的赤紅陣風也對怪異有效嗎？只見怪異被捲入盤旋赤風的亂流中，傷口噴濺出黑血並崩解。

「有用。這邊就交給我吧。」

「好厲害……啊啊，好。剩下的是……初美？」

水明突然察覺青梅竹馬不在附近，為了找她而環顧四周。在哪裡？他很快找到已經被怪異包圍的初美。

「什麼……」

直到剛剛為止明明都還在這裡，為什麼現在會在那麼遠的地方？初美在昏暗的領域中揮劍橫掃源源不絕的怪異。但是斬擊完全沒有效果，即便能夠痛打並將之彈開，卻無法造成任何傷口。

——人類會對來襲的現象謀求對策、想辦法除去並保護自己。但如同無法讓這個現象本身從這個世界中消失一般，普通的劍擊也無法消滅被稱為終末事象的『現象』，也就是怪異本身。

「這些傢伙、逐漸增加了……！」

用刀攻擊怪異的初美表情浮現焦躁。

「初美！不行快退後！這些由我來……」

「就算你這麼說，再這樣下去就要到對面去了！」

聽見初美的話，水明終於察覺，初美現在所在的位置是橋的前方。而橋的另一端有很多人。橋這邊因為有自己一行人在，所以能夠想辦法，但要是怪異哪怕跑了一隻過去，事情就會很嚴重。

因為怪異數量很多，所以範圍攻擊有效，但是——

「可惡，只要再等一下……」

天空還很明亮，尚未進入夜晚。就算想用星空魔術（Enth astrarle）也用不了。

水明因為無法一鼓作氣全部打倒而不耐煩，但也使用魔術逐一處理怪異，就在他打算往落單的初美那邊跑過去時。

「……呀！」

初美在平衡不穩的時候被怪異撞飛出去。然後，在摔倒的她面前，有著狗型外表的怪異一口氣進攻了。

「啊……」

她口中流露出混雜著絕望的呼吸。但是怎麼回事？她應該要逃跑，卻像是被束縛住般動也不動。就那樣用膽怯的視線看著怪異，握住刀柄的手瑟瑟發抖。

「可惡！初美啊啊啊啊啊啊啊啊！」

水明不顧形象地衝到動彈不得的她身前。

❖ ❖ ❖

——被怪異撞飛了。直到這麼想之前，還相信自己的心很堅定；但當飛出的身體摔在地面時，身體突然被陌生的恐懼支配。

一想到會死在怪異的尖牙利爪之下，手就在發抖，心也在發抖，身體突然無法動彈。

明明多次面向魔族，明明多次遇過這類危機，為什麼現在會像被束縛住般動彈不得。好可怕。可怕的東西就在眼前。那樣的話語浮現在腦中並反覆迴響，導致什麼都做不到。

此時突然察覺，這是否就是他那時陷入的心之外傷（心靈創傷）。對自己而言的心靈創傷，是不是就是眼前的這個？而就是因為發現這點，身體現在才會動彈不得。

察覺怪異飛撲過來時，害怕得緊緊閉上眼睛。

但是，應該迎面而來的痛楚無論等了多久都沒有到訪。

感到奇怪地睜開眼睛，前方站著身穿黑西裝的少年。

八鍵水明。他手持銀色的刀，呼吸紊亂。過來庇護自己時受傷了嗎？西裝的肩膀處裂開了。

「啊——」

看見的是，就像不久前與龍人對峙時站在自己身前的背影。曾經在夢裡見過，而且應該存在於現在失記憶中的這個背影。

是第幾次了呢？他像這樣來拯救自己。除了獨自在森林裡徬徨的時候、龍人現身的時候，恐怕還有不記得的許多次吧。

這副模樣很沒出息。明明那個時候也是這麼想，但為什麼自己總是像這樣、對他的背影感到滿足呢？

明明自己應該變強了。學會劍，一心一意鍛鍊，明明已經能夠戰鬥了。明明是這樣，現在卻抖個不停。

那果真是自己希望的模樣嗎？

「——不對。」

沒錯。因為討厭總是被保護，所以想變強。因為覺得只能受保護的女人無法和他在一起；因為只能受保護的女人，無法走在為了想保護誰而不斷前進的他身邊。

所以。

「——現在的我，不一樣。」

沒錯。所以，為了不被他丟下而想變強。

對，所以——

「我，想以劍變強……」

沒錯，說出自然浮現的話語後，遺忘的一切如同怒濤般回來了。自己是什麼人，在哪裡生活，和誰一起，都做了些什麼。曾經的過去，曾經懷有的想法。一點不剩全數回歸。

因為激流般流過的記憶感到暈眩，重新握緊刀站起身時，聽見了**水明**擔心的聲音。

「沒事吧？」

「嗯，沒事。抱歉，各方面都讓你擔心了。」

「……？」

再度對轉過頭、臉上充滿疑惑的他說。

「我已經沒事了。」

「初美妳、該不會……？」

他只憑幾句話就發現了嗎？走到驚訝的水明前方，瞄準從斜角撲來的怪異。

然後——

「吾之心劍身幻為、破除三毒之技。自岩上豁出此身，獻命為不動俱利伽羅……」

俱利伽羅陀羅尼幻影劍。將與此劍技共同傳下的那句話語、也就是陀羅尼，平靜詠唱出口。

雖然不是水明使用的咒文，但只要說出就能讓心平靜，將意識專注於劍。

怪異無法用劍打倒，也無法用劍給予傷害。但是，自己可以避開攻擊、用劍將之驅趕擊退。

揮劍將齜著漆黑利齒的怪異打飛。別的怪異很快從四面八方圍攻過來，但她不慌不忙地將刀入鞘。然後——

「——俱利伽羅陀羅尼幻影劍、禪頂、涅槃寂靜之太刀……」

將陀羅尼化為低語念出並拔刀。在比剎那更細分的時間中，揮劍次數為二十四，把這一切全部擲向怪異。

周圍人類的肉眼應該只能看見銀色斬線在自己周圍一閃而逝吧。飛撲而來的所有怪異都被劍擊彈飛到半空。

水明刻不容緩地擊出光輝魔術，怪異立刻崩毀。

「初美……妳恢復記憶了嗎？」

周圍正碎散著魔術餘韻造成的魔力光殘渣，水明露出遇到意外好事般的高興表情。

初美對那樣的他斬釘截鐵地說。

「水明，雖然對你有滿肚子的怨言，但還是先道謝吧。謝謝。」

即便有點倔強，但真的滿心感謝。可是他不知為何露出哆嗦的表情。

「希、希望不要把一切都怪到哥哥頭上啊，之類的。」

「……還真敢說。而且你什麼時候變成我哥哥了？」

「欸～因為以前啊……」

「以前是以前，現在是現在……但是。」

初美這麼說著，想起以前他來幫助自己的時候。沒錯。

「那個時候，也是狗呢。」

「……——是啊，這麼說起來還發生過那種事呢……啊，先不提那些。」

初美對用眼神示意自己退後的水明搖頭。

「不要。我不想逃。」

「但是……」

「我擋在這裡不讓它們過去，消滅就交給你了。」

自己也想戰鬥。想在他身邊戰鬥。聽見這句話，水明死心嘆氣，然後浮現無畏的笑容。

「交給我吧。」

他以如此可靠的話語回應。然後，初美開始著手該做的事情。

用劍擊彈飛想過橋的怪異，絕對連一隻都不讓過。

就在初美懷著那樣的決意擊退怪異時，水明仰頭看著夜色加深的天空舉起手。

做好什麼準備了嗎？接著，他解放魔力，開口。

（Velam nox lacrima potestas. Olympus quod terra misceo. misucui mixtum. Infestant militia. Dezzmoror pluviaincessanter. Vitia evellere. Bonitate fateor. Lux de caelo stella nocte）

「夜幕內，夜空淌流之淚光威勢。其巧妙導引為天地指南。蔓延於現世的不合情理。絢爛奪目，傾注而下。彼悲嘆之物為惡，彼謳歌之物為善。一切皆由位於那紛亂彼方轉瞬來到，閃爍之星芒。」

夜空浮現大大小小無數的魔法陣。那些魔法陣如同炮口般移動，然後在水明說出「星空啊，殞落吧——（Enth astrarle）」的瞬間，周邊一帶光輝四溢。

……那道光消散後，怪異全數消失。天空裂開的黑洞也同樣消失，彷彿什麼事情都沒發生過。

夜晚的街道恢復原本模樣。難道剛才發生的事情全都是白日夢嗎？附近和平到不禁讓人這麼想。

「結束了呢。」

「對啊。」

初美向露出笑容的水明回以笑容。只是這樣，就有一切重要事物全都回到身邊的感覺。

突然想起翡露梅妮雅她們不知道怎麼了而轉過頭，發現她們不知為什麼在大聲喧譁而且心慌意亂。

發生什麼事了嗎？就在如此擔心想過去看看時，突然看見水明獨自表情嚴肅地凝視著克萊麗莎等人離去的方向。

正當初美想跟水明說話時。

「Ars.Magna.Raimundi……不對，那個魔術是——」

水明的低喃響徹在逐漸變暗的天空之下。

❖　❖　❖

……這起事件的目標是勇者初美，收拾善後雖然讓人慌張，但因為她被當成目標原本就是意料之內的事，要說大混亂的話，也僅止於反女神教團所引起的都市騷動。

引發這場騷動的教團成員後來一個都沒抓到。先是克萊麗莎等人消失得無影無蹤，接著他們似乎也跟著消失在小巷以及建築物的陰影中了。

這似乎是聯合前所未有的騷動，對水明等人而言同樣深具衝擊性。當然，事情焦點集中在當時敵對的克萊麗莎等人身上。

就在幾天前，她們還是交情不錯才道別過的對象。雖然認識時間不長，但水明頗受她們照顧，蕾菲爾也和吉貝托交好。因此他們都在想到底為什麼？這也可以稱為世間機緣的妙不可言吧。

雖然水明等人並非對世間的不合理沒有抗性、會就此感到沮喪，但畢竟原本想著感情能更好，現在發生這種事還是難免遺憾。

——接著，水明等人和克萊麗莎等人戰鬥的幾天後。這一天，水明和翡露梅妮雅、莉莉安娜三人，為了向初美告別而到訪她在穆贊宮殿裡的房間。

房裡除了初美還有賽爾菲，但她似乎理解水明等人和初美的關係，當他們到達時就帶著房間內外的衛兵離開了。雖然一副「你們談些不欲人知的事情也沒關係」的樣子，但這同時是她的體貼之處吧。

各自坐好後，等待水明的是初美喋喋不休的抱怨。

從為什麼對身為魔術師這件事三緘其口，到為什麼不告訴自己在原本世界都在做些什麼等不平不滿的牢騷。好不容易等她說完，水明已然陷入無精打采狀態。

比起恢復記憶，被召喚和喪失記憶時的事情轉變成壓力了吧。翡露梅妮雅苦笑著阻止短暫休息後準備再戰的初美。

「……那、那個初美閣下？差不多可以放過水明閣下了嗎？」

「欸？我才講了不到一半。」

「這、這樣才、一半……嗎……」

連一半的實力都還沒拿出來……聽見這樣的話，莉莉安娜抖了兩下。另一方面，被抱怨到想吐的水明則擺出孟克名畫《吶喊》的表情，靈魂已經從嘴裡飄出來了，並進行不知道第幾次的道歉。

「全部都是我的錯，請您大人大量就此原諒……」

「好吧。你也有沒有辦法這個理由，今天就到這裡吧。」

看來初美算是發洩了必須發洩的部分。現場氣氛緩和下來後，水明詢問初美。

「……對了初美，記憶恢復後冷靜下來了嗎？」

「嗯。雖然還有喪失記憶時發生的事所以感覺有點奇怪，但有好好跟上現在所處的狀況了。」

初美會這麼說，當然和歸還方法的有無息息相關吧。因為有著能夠回去的安心感，才多少減輕了一些不安。

因此，水明再度詢問。

「初美，既然妳記憶也恢復了，我再問一次。妳不打算和我們走嗎？」

「……不。果然做不到。之前也說過，是我主動參與這場戰爭的，事到如今不能放著不管。」

「就算是出於無奈？」

「水明你不久前也說過吧？師傅看到現在的我會臭罵一頓。如果我現在為了自保而逃跑，爸爸才會生氣。」

笑著這麼說的初美毫不擔憂。這是因為恢復記憶、找回自己正確的信念了吧。既然決定堅持這個信念而活，自然不會感到迷惘。

「說得也是。我也覺得妳會這麼說。」

「沒有硬要帶我走嗎？」

「我尊重妳的意志。而且，我想很快就能給妳好消息了。」

「你知道了!?」

「還差一點。目前還在先回帝國據點整合在這裡得到的情報，並試著書寫術式的階段……如果那個叫因祿的傢伙沒把遺跡弄不見，在聯合的這段期間就能全部解析出來才對。」

「是嗎……」

得知還需要時間，初美表情有些遺憾。當初黎二和瑞樹知道的時候也是這樣，果然大家想回家的心情都很強烈。

「雖然妳大概不打倒聯合北部的魔族之前不會回來吧……不過，要是術式完成了稍微回家看看也沒關係吧？」

「也是。畢竟大家都很擔心吧……而且。」

「而且？」

有什麼掛心的事嗎？看見初美那種表情的水明詢問，而她則一臉「你怎麼明知故問」。

「出席天數啦出席天數。我們不是沒去學校嗎？」

「那種事回去之後我會想辦法啦。」

「想辦法？」

「我是魔術師嘛～」

聽出會蒙混過去的言外之意，初美明顯露出嫌惡的表情。

「嗚哇，真差勁……想用魔術讓一切不了了之。嗚哇～」

「啊？怎樣啦？不然妳要留級嗎？反正我～無所謂啊～」

「欸？唔、嗯……我不要留級、喔……？」

「那就隨我吧。」

看見初美因為不好意思而移開的視線，水明吐槽並總結。聞言，這次由翡露梅妮雅開口詢問。

「關於回歸的事情決定好了，但關於對方以初美閣下為目標這部分沒問題嗎？」

「妳是說修女他們對吧。」

「是。既然他們宣告要帶走勇者，就有再度襲擊的可能性。一旦到了那種時候……」

該怎麼辦？但這個問題是建立在回不去原本世界的前提上。

根據這點，水明詢問初美要是再度被襲擊時有什麼打算。

「初美，老實說妳覺得怎麼樣？」

「難說。這次因為有水明你們在才得以脫身，我認為如果不到爸爸那種程度的劍士，無法與那種實力交鋒。」

「也是啊。」

水明回想起幾天前的戰鬥。那時看到的克萊麗莎和吉貝托的實力，幾乎是壓倒性勝過蕾菲爾和翡露梅妮雅她們。雖然勇者的力量是未知數，但加上她們，以及這次沒來的因祿，還有應該是將水明送到異界的海市蜃樓的男人。

如果一次全來，恐怕就算自己一行人在場也肯定會輸，這點不難想像。

但初美似乎不這麼認為。

「雖然打不贏，但我可以跑。反正恢復記憶了。」

可以從她的表情中窺見之前不曾看過的自信。恢復記憶的初美確實比喪失記憶時更強。克萊麗莎和吉貝托雖然實力高強，但如果初美貫徹逃跑的話應該沒有問題才對。但如果問是否也能從那個魔術師手下逃開，水明無法同意。

「我也會盡快完成回去那邊的術式。這樣一來，事情不妙的話就能回去避難。」

「……總覺得想來想去都要逃，好討厭喔。」

「沒辦法好嗎？那個男人很強。」

「嗯……雖然我不太了解魔術師，但你都這麼說了就不會錯。」

經過和因祿的一戰，初美初步將水明視為強者了吧。

說完話也道別過，水明等人離開初美的房間。

正當三人走在回宿舍的路上時，翡露梅妮雅突然開口。

「說起來，初美閣下沒有送我們呢？」

「是啊。因為我總是出門家裡沒人，後來道別完她就乾脆不送了。」

「聽起來很像兩位住在一起。」

翡露梅妮雅用責備的視線看過去，好像在賭氣般不悅。

「為什麼嘟嘴？她是我表妹、家又住隔壁，所以相處起來就像家人一樣。而且梅妮雅妳現在不也和我住在一起嗎？」

「咦？啊、說是這麼說沒錯……」

不滿的表情瞬間轉為開心的微笑。

「還有蕾菲爾和莉莉安娜也一起喔。」

「對。」

水明似乎沒覺得住在同一個屋簷下有什麼不對。對他來說，她們也只是同住的夥伴吧。雖然要是彼此感情繼續往上發展應該就會意識到什麼，但由於『翡露梅妮雅是因為厄斯泰勒國王阿瑪狄沃斯的命令』、『蕾菲爾是為了完全解除身上的詛咒』等等明確的理由，晚熟且戀愛經驗為零的水明沒能好好把握她們對自己的好感。

「……………翡露梅妮雅‧史丁格雷，從現在開始，從現在才開始。剛剛開始學習魔術，也約好可以跟著去那個世界。還有很多培養感情的機會，還有很多！」

翡露梅妮雅這麼說著，往後轉身獨自咕噥自我激勵。此時，莉莉安娜拉了拉水明的袖子。

「怎麼了？」

「前幾天、那個厲害的魔法師。水明真的、全力以赴也不會贏嗎？」

「不會贏吧。遇到那個等級的魔術師會是一場硬戰。」

「那麼厲害。」

「是啊。恐怕那個魔術師使用的魔術系統相當古老而且麻煩……應該說用上了驚人的技術吧。」

聽見水明迂迴的話，翡露梅妮雅和莉莉安娜都一臉納悶。但她們那樣也很正常。

「水明閣下剛才說**古老**，請問那是什麼意思？」

「字面上的意思。我猜那是我們的世界的古老魔術系統。大概，和我的世界有所關聯吧。」

完全可以這麼想。不對，應該說在這個場合下只能這麼想才正確吧。羅密歐使用的蠻名，克萊麗莎的圖騰崇拜，以及最後那個魔術師使用的魔術，恐怕那一派和自己原本的世界有著什麼關係吧。這點不會錯。

「……有初美閣下的事情在前，事到如今我已經不會感到驚訝了。」

「這樣事情更加、困難了。」

水明說完開場白後回答兩人的疑問。

「如果要破解那個魔術，無論如何都得回去一趟。要是不向知情的魔術師了解那個魔術的根本，恐怕我也會一籌莫展吧。」

聽見水明的回答，翡露梅妮雅和莉莉安娜表情變得嚴肅。水明向她們說出自己的推測。

「大概……雖然是相當主觀的預想，那個時候使用的是合成概念。我想是將附近沒有的概念與概念相乘兩三次後生成的東西。」

「將概念相乘後生成、生成!?」

水明點頭肯定翡露梅妮雅的驚呼，而她對那樣的他露出難以理解的驚訝表情。

「那種東西是能、集中、並且成形的嗎？」

「我認為正因為成形了才會變成那種狀態，和其他的東西一樣。比方說，嗯……」

「比方說？」

「鋤頭有著所謂『耕田』的概念。概念指的是能用那個東西做什麼，例如由鐵板和木棒固定在一起，名為鋤頭的實像，會成為誰都能判斷是用來耕田的『記號』。我認為那是給完全不同概念的道具安上新記號般的表現……」

換句話說就是五德般的概念吧——水明這麼說著環顧左右，兩人都是難以理解的表情。那也是當然的吧。這段話肯定正是所謂的『否定實用主義』，也是魔術世界所說**不變法則的突破**。就算不知道這件事，再怎麼樣也無法理解吧。

「啊～抱歉。本人明明還不懂就說明實在太性急了。剛才說的都忘了吧。」

聽見水明說剛才那些就當沒聽見，翡露梅妮雅突然詢問。

「使用那個魔術系統的魔術師，在水明閣下的世界有很多嗎？」

「沒有，我也是第一次看到，應該沒幾個人能使用那個魔術吧。」

「既然這麼少，那有您認識的人嗎？」

「有頭緒的大概三個人。使用那個魔術的魔術師活躍期間在一千五百年代（十六世紀）中葉到一千六百年代（十七世紀）中葉之間。」

「您的意思是？」

「全員都活了五百年左右。」

「五!?………請問那幾位是精靈嗎？」

「不，是人類。應該說**曾經是人類**更正確嗎？畢竟他們從很久以前就不當人了。」

「不當、人……那個，這又是什麼意思？」

「全都是怪物。都是怪物。」

「超過水明的、怪物嗎？」

「那個啊，話先說在前面，像我這種的不過是菜鳥而已。哎，不過到了那種境界，幾乎全世界的生物都只是菜鳥或嬰兒了吧……」

尚未到達那個位階之人無法完全掌握那種魔術師們的實力。就算低估也差不多有這種程度吧。如果對手並非到達那個位階的高位存在，無論是多麼高位的魔術師，恐怕他們都只會用哄小孩子的手段應付吧。

「…………」

水明陷入沉默，回想起很久以前的事情。盟主涅斯堤海姆罕見的因公前往調解魔術師之間的爭鬥時，他只用一句話就把敵方兼敵方魔術師全部變成了嬰兒。沒有使用術式，那是讓對手服從的招式中最**莫名其妙**的技法。

「水明，那個現象、也是那個魔術師做的？」

現象。也就是最後襲擊過來的那個。
「不，那個基於別的因素，那不是人類可以隨便引發的現象。」
「我記得、名字是……」
「終末事象（Twilight Syndrome）。」
還沒正式告訴過莉莉安娜。但是，翡露梅妮雅曾經見過一次。
「水明閣下，為什麼那個時候，會發生那個名為終末事象的現象呢？之前詢問的時候，您說過這邊的世界沒有那個。」
「我也在想。這個世界現在的自然之力很強，還不到足以引發終末事象的階段。」
「即便如此那個時候還是發生了，也就是說……」
「到底是怎麼回事啊～」
水明不合時宜地搔著後腦。雖然做出那種舉動，但他依舊有好好考慮過。
「以我的預測為例，包含這個現象在內、說不定那些傢伙的行動就是為了加速世界的終結……會不會是這樣？」
聽見他的詢問，莉莉安娜納悶。
「終結世界……但那個時候，只是修女他們襲擊我們、而已哦？」
「確實如此……但也有『大事由小事而起』、『自然界不能跳躍發展』這種說法。
遵守自然法則的事物，全都會徐徐生長，不會因為『突然』或『跳躍』產生任何事，但如果這樣想，那些傢伙襲擊我們的理由……也就是擄走勇者的目的，或許是加速今後世界末日可能性的一大重要部分。」

克萊麗莎等人是以擄走勇者為目的，這點很清楚。雖然這點和世界末日有什麼關係完全不詳，但正因為有關係，所以當時無底洞才會打開，並引發終末事象。

「因為沒有循序漸進所以無法斷言並非偶然……畢竟我是這方面的門外漢，不是黃昏的居民所以不知道。」

水明總結這次對話後，不由得說出另一件在意的事情。

「再來就是，蕾菲了呢。」

「蕾菲爾、嗎？」

聽見莉莉安娜的詢問，水明一想起蕾菲爾現在的狀態就愁眉苦臉。

「樣子和平常一樣。」

「恐怕是因為她覺得輸了吧。雖然看起來和平常一樣，但應該很不甘心吧。」

蕾菲爾對輸給克萊麗莎這件事，抱持著很重的執念。在那之後，可以從她的言行舉止中窺見類似焦躁的情緒。

「唉，不只這件事。」

「是那個吧。」

「是、那個嗎？」

一想到除了敗北以外，那場戰鬥之後蕾菲爾身上發生的事，三人就一起沉重了起來。

❖　❖　❖

水明等人懊惱時，當事者蕾菲爾正在宵闇亭的公會長辦公室。

……但是。

「哇哈哈哈哈哈哈哈哈哈哈哈哈哈哈哈！啊～哈哈哈哈哈哈哈哈哈哈哈哈哈！」

「請不要笑了露梅亞閣下！這不是什麼好笑的事！」

「因為、因為嘛！那個、妳讓我看了那種樣子！我、我！嘻、嘻嘻嘻嘻嘻嘻嘻、嘻～！」

露梅亞抱著肚子亂揮尾巴，倒在辦公室地板捧腹大笑。笑得奄奄一息，笑到讓人擔心會不會不小心窒息死掉般、重複著間隔很長的吸氣與吐氣。

坐在那樣的她前方的沙發上，散發著惹人憐愛怒氣的人是，**縮小的蕾菲爾**。

「沒辦法啊！我又不是自己喜歡變成這樣……」

「啊～啊～肚子好痛啊我，這是今年最好笑的事。」

蕾菲爾眼眶含淚，憤恨地瞪著依然沒有收起笑意的露梅亞。但因為那個表情太可愛所以完全沒有威嚴感。

露梅亞笑完冷靜下來後，重新坐回沙發上。

「哎呀不過，沒想到過度使用精靈之力會讓身體縮小。哈迪法伊斯就沒有出現過這種狀況。雖然這也代表精靈之力占了蕾菲的大部分吧……噗，嘻嘻嘻。」

露梅亞按著嘴巴，努力把復甦的笑意封入嘴巴，但還是到達極限了嗎，她的臉頰因為發笑而膨脹，流露出微弱的笑聲。另一方面，蕾菲爾半是傻眼地嘆氣。

「差不多該適可而止了。水明他們就要來向妳道別了。」

「是嗎？呼姆……那在他們來之前先跟妳聊聊比較好呢。」

露梅亞這麼說著將煙管拿到手上，轉為認真的表情。蕾菲爾被她的表情影響，自然也跟著認真起來。

「露梅亞閣下，聊聊指的是？」

聽見詢問，露梅亞吸了口煙管，以看透一切的銳利視線望向蕾菲爾。

「……我說蕾菲，妳輸了吧？」

「那是……」

「妳以為不說我就不知道嗎？希望妳不要小看我。」

露梅亞以彷彿親臨現場目睹般的確信口吻這麼說。蕾菲爾對被看透一事坦率點頭。

「蕾菲，妳知道為什麼會輸嗎？」

「……完全是因為我的力量不及對手。」

「也有這方面的原因……妳對另一個原因有自覺嗎？」

蕾菲爾內心因為露梅亞的話嚇一跳，但是……

「不，都是因為我的本事不夠，沒有這之外的理由。」

蕾菲爾以半拒絕的態度否定還有另一個理由。不想承認。如果承認了，感覺現在支撐著自己的什麼會就此崩潰。

另一方面，露梅亞看著蕾菲爾頑固的表情說了句「是嗎」，然後嘆氣。

蕾菲爾因為她的舉動感到焦躁了嗎？因此不自覺用上責備般的語調。

「……露梅亞閣下有什麼想法？」

「要直說的話很簡單……但站在長輩的立場，我希望妳能自己發現後承認。畢竟不能太多管閒事呢。呼嗯，該怎麼辦呢。」

露梅亞煩惱似地朝天花板吞雲吐霧，將煙管在菸灰缸上敲了敲，接著大概找到了答案。

「對了。反正妳也有那個男孩和可靠的同伴，不用這麼著急也沒關係吧。在旅途中試著好好反思自己至今為止的戰鬥吧。如果這樣做還是輸了……就再次回到這邊，我會嚴格鍛鍊妳。」

「……我知道了。」

「嗯。簡單來說就是太有勇無謀，但那也不是用嘴巴說說就能了解的事情啊，特別對年輕人而言……」

會這麼說是反省了自身的經驗嗎？露梅亞朝窗外遠遠看去。抽了一會兒菸保持沉默後，她突然露出笑容，向蕾菲爾開口。

「蕾菲，過來一下。」

「請問有什麼事？」

「讓我摸頭。」

「我、不、要！」

看見露梅亞雙手做出的動作，蕾菲爾頑固地採取拒絕姿勢。將對現在的身體來說過大的帽子拉下來蓋住臉，在沙發上縮成一團。

「欸～！難得妳變成這種容易摸的大小，讓我摸摸頭有什麼不好～！」

「一點都不好！哪裡有到了這個年紀被摸頭還會高興的人啊!?」

露梅亞對這麼說著扭過頭的蕾菲爾露出奸笑。

「就算妳說不要，我也會硬摸就是了。」

在蕾菲爾聽見這句話時，對面沙發上的露梅亞已經剩下殘影了。

下一秒，帽子被人猛的搶走。

「哇哇哇哇哇！露梅亞閣下！」

「來～了，摸摸摸摸摸摸摸～」

「咕、咕……」

蕾菲爾因為頭上顯然心情舒暢的力道感到屈辱。事情變成這樣的話，現在力量遜於露梅亞的蕾菲爾根本逃不掉。

疼愛蕾菲爾一番後，露梅亞的狐耳微微顫動。

「哎呀，好像來了呢。那麼來辦個簡單的送別會吧。」

「……好。」

蕾菲爾板著臉回答後，辦公室傳來敲門聲。

尾聲Ⅰ

艾力歐特．奧斯丁抵達了厄斯泰勒王國的西方領地、格蘭特市。

兼顧救世教會給予的撫慰任務，他踏上了經由厄斯泰勒王國前往北方托里亞王國的旅途。現在，他面前聳立著一幢宅邸。

時刻是夜晚。在散發著魔力光的室外燈下，他再次看了看白天收到的信件。

「——哎呀哎呀，剛到就急著招待什麼的。」

他吐出的是對勇者忙碌生活的疲累嘆息。才到達就收到這張彷彿計畫好的信件，而送出這封信件的人就是眼前宅邸的主人。

宅邸主人名為魯卡斯．德．赫德里珥士。是這個格蘭克市的領主，也是厄斯泰勒擁有極大權威的大貴族。救世教會定下的問候領主時間在明天，但對方比預定還早安排會面行程。艾力歐特沒有拒絕，將克莉絲妲安置在教會宿舍後，就如約到訪了。

告訴守在門口的衛兵並遞出信件，立刻就被帶往裡頭。穿過聽說是赫德里珥士私人房間的門，房裡光線昏暗，光源唯有月光。另一方面，叫自己來的人正坐在辦公桌後，然後，他放出了連葛萊茲艾拉都能壓制的眩目武威。

即便是艾力歐特也有點不知所措，但他努力不讓情緒外露，走到對方面前。武威確實是對著艾力歐特，但赫德里珥士卻裝作不知道這個事實般，向艾力歐特搭話。

「艾爾・梅黛的勇者艾力歐特閣下，感謝你回應突如其來的會面請求。對了，你心情如何？」

「直到剛才為止都很普通，但到了這裡跌落谷底。」

「我想也是。」

赫德里珥士對艾力歐特的挖苦回以冷哼。艾力歐特在心裡警戒眼前的男人。

（這個男人果然是故意的……）

和涅爾斐利亞皇帝那種經常散發著壓迫感有所不同，赫德里珥士的武威確實有著『針對誰』的大致方向性。想試探自己嗎？反正被試探的人都不會多高興就是了。

即便艾力歐特對他抱持疑問，但表面仍然狀似平常地詢問。

「請問您不點燈嗎？」

「我認為月光之下別有一番風情，方便的話希望維持這樣。」

即便內心對赫德里珥士的奇怪行事感到納悶，艾力歐特依舊點頭表示同意。

「那麼，今天找我有什麼事？」

「我覺得，身為領主得問候一下才是。」

「如果是問候，教會應該有所安排。而且，這個問候還真是禮貌呢。」

「關於這點，我記得勇者黎二也如此說過。」

赫德里珥士這麼說著浮現淺笑。艾力歐特對那樣的他稍微坦露心裡的不高興。

「如果只有這樣，那我想回去了。」

「等等，還有一件事。今天之所以會叫你這傢伙來，是有話想和你這傢伙單獨談談。」

「你這傢──……什麼事？」

艾力歐特忍住差點對「失禮說話方式」脫口而出的抱怨如此詢問，赫德里珥士將雙手在辦公桌上交疊。

「今天想聽聽你的想法。」

「想法？聽了我的想法後打算如何？難道你認為我會對這個國家帶來危害？」

「不，我沒有那麼想。只不過，我很在意你對拯救這個世界抱持怎麼樣的想法。」

這是貴族特有的戲弄嗎？面對那玩弄般的說話方式，艾力歐特老實回答。

「我沒有特別想拯救這個世界喔。只是幫助求救的人們，進而就會和拯救世界有所關聯而已。我沒想那麼多。」

「……」

「不合您心意嗎？」

對赫德里珥士而言，這是無法理解的回答嗎？雖然艾力歐特這麼想，但對方不知為何搖了搖頭。

「搞錯問法了。你覺得為何要打倒魔族？」

「……？就像我剛剛說的，為了幫助求救的人們。」

「是嗎？那真是崇高的想法。」

「果然有地方不合您心意？」

「是啊，很奇怪。」

因為對方連續討人厭的拐彎抹角回答，艾力歐特聲音透出些許煩躁。

「身為人，為了誰挺身而出不是自然而然的事情嗎？」

「但是，和你無關吧？這個世界的危機什麼的，跟來自其他世界的你沒有關係。」

「的確如此……」

雖然的確如此，但艾力歐特也有屬於自己的原則。他是自己居住世界的知名勇士。成長至今累積的原則或價值觀絕非是自私自利。雖然確實無關，但既然有緣就無法置之不理。但這個想法似乎被看穿了。

「那麼為何是打倒魔族？就算不和魔族戰鬥，也可以幫助這個世界的人不是嗎？」

「我會和魔族戰鬥是因為被如此請求，而且我也有戰鬥力，所以才回應了這份請求。」

「是嗎？這點和其他人一樣。」

「……？」

就在艾力歐特因為無法掌握赫德里珥士話裡的真正意思，不知怎麼回答而感到傷腦筋時。

「你這傢伙比那個男人更了解，對於所謂世界的存在方式。」

「……？」

「以你剛才的回答為基礎，為什麼會覺得決定打倒魔族是由自己的意志決定的？你不認為，不對拯救陌生的世界與其居民這種事懷有疑問，這點很不可思議嗎？」

「無論不可思議還是別的什麼，決定戰鬥是出於我自己的意思，這點千真萬確。」

沒錯，是自己決定要和魔族戰鬥。雖然確實也對自己會這麼積極懷有疑問，但——

「錯了。你這傢伙，不對，你們這些傢伙被人控制了。」

「被控制？被誰？」

「女神。讓你們決定為這個世界戰鬥，完全是女神的期望。」

「…………」

艾力歐特一時噤聲，考慮起赫德里珥士的斷定。這個問答究竟有什麼企圖？從自己戰鬥的理由開始，現在連女神都出現了，完全看不見對談的終點，雖然也想過會不會是延長沒有意義的文字遊戲，但如果真是如此，為什麼無法一笑置之？

「那又怎麼樣呢？我們勇者既然受到女神的加護，介入其中也是理所當然。而且，是為了幫助人們的話，我覺得被偏愛也不是什麼壞事？」

「你說得對，但如果那並非是為了人們呢？如果勇者的存在是為了實現女神的自私自利，你怎麼想？」

「你的話很奇怪，神格因為存在龐大，所以不像人類擁有纖細的意志。所謂的慾望對神格而言是多餘的情感。」

艾力歐特如此斷定，但是隨著這些話說出口，他也慢慢滲出汗水。沒錯，因為不想察覺的真相已然逼近。

不過尋求那份真實的人卻毫不留情。

「既然如此清楚神的性質，那麼你就能理解吧。神確實無欲，但所謂的神究竟是什麼？到底在做什麼？」

艾力歐特吞了口口水。神是什麼？在做什麼？他回想起以前和水明‧八鍵的問答。這段話和自己與他當時說的話很相似。那個時候，自己問他對神有什麼看法。結果因為水明‧八鍵言詞混濁，自己把他誤認成這個世界的人所以沒有追問，但如果繼續談下去說不定就會像現在這樣——

「艾力歐特閣下。」

「……是為了提高自己力量而發揮權能的存在。」

「那樣的存在會讓自己分予權能之人自由嗎？你這傢伙也打從心底知道自己在隨女神起舞了吧？」

沒錯，確實可能不只是自己的意志。會覺得必須去做，說不定是因為有什麼暗示一類的東西在運作。但是——

「……那樣不行嗎？」

「唔？」

「的確說不定並非只是本人的意思，說不定我們的戰鬥是女神專橫導致的結果。但是，從結果來看可以拯救人們，既然如此，就不是什麼壞事，也可以說是無奈之舉。」

「就是那個無奈之舉，奪走了人類的可能性。正因受女神管理，所以拯救弱小性命的手段遭到粉碎，所以隨時都可能被捨棄。你這傢伙也能把這種事稱為無奈之舉？」

「請問那是什麼意思？」

艾力歐特詢問，但赫德里珥士反問。

「先告訴我吧。你的世界是怎樣的地方？是人們為了每日生活更加豐富而邁進，並且成功實現的世界嗎？」

「你在說什麼？那是當然──」

沒錯，有上進心是理所當然的事情。發展是人類繁衍以來極為理所當然的事情。但是，從赫德里珥士現在的問句聽起來，似乎對那種生活方式懷有疑問──

此時，艾力歐特有所察覺，對於橫亙這個問題前方的世界結構。

「……難道說這個世界──」

在艾力歐特詢問到核心的瞬間，辦公室的門開了，從那裡走進好幾名士兵。瞥了眼流暢列隊的他們，艾力歐特詢問赫德里珥士。

「您想做什麼？」

「話暫時說完了，讓我試試你吧。」

「要是使用暴力，我會向救世教會投訴哦。」

「前提是，要能從這裡出去才做得到吧？」

「您以為他們能阻止我？」

雖然是目中無人且傲慢的說話方式，但對手只不過是士兵，就算人多，也打不贏受到女神加護的自己。

就在艾力歐特這麼想時，赫德里珥士從辦公桌後走出來。

「你的對手是我。」

「公爵大人親自上陣，要是受傷不會造成困擾嗎？」

「先試著打中我再說吧。」

無視艾力歐特的挖苦，赫德里珥士如此挑釁。雖然在領主宅邸發生爭執不太好，但判斷不回應的話事情不會有所進展，艾力歐特拔劍揮出。

但艾力歐特的劍被不知何時抽出的劍擋了下來。

「什麼!?」

「哦……果然和其他人不同，十分優秀。」

「居然單手擋住……我的劍？」

沒打算砍中，只想在碰上之前停下。但是，普通人應該看不清自己的劍速。因此陷入被擋住的事態時，艾力歐特大吃一驚。

「勇者，不至於只有這點程度吧？和帝國的第三皇女殿下戰鬥時也手下留情了吧？」

「……為什麼會知道？」

「有辦法知道，如此而已。」

艾力歐特往互抵的劍上加重力道，藉由反作用力後退。然後，一下子將劍收回鞘中……這個男人莫名其妙。當然，可能是有什麼打算。繼續這樣下去，不管發生什麼都不奇怪吧。對，無論是被抓，還是被殺，都不無可能。

如此判斷的艾力歐特下定決心，現在該做的是從這裡全力突圍。他在赤手空拳的狀態下捲起右手袖子，手腕間露出白銀的手甲。

然後，下達最後通牒。

「……我要是認真起來，房子無法平安無事哦？」

「前提是，能用盡全力的話。」

「好吧，就讓您見識我的力量。」

手腕間纏繞電擊。房間裡的家具隨著雷擊落下逐一損壞，但赫德里珥士似乎連這依舊不是艾力歐特的全力都看穿了。

「很強大的力量。原來如此，所以才沒在街道中心使用。」

「當然。加上英傑召喚的加護，力量又更強了。如果在街上使用，會給無關的人們添麻煩。」

就在艾力歐特說完，準備攻擊赫德里珥士的時候。

「有這樣的力量就夠了。」

「夠了……？」

「我在說加護。既然身體已經這麼熟悉，就足夠我們的需要了吧。」

「雖然不知道是什麼意思，事到如今別以為我會停止。」

「無所謂。反正，**又不是我負責阻止你**。」

就在赫德里珥士說這種故弄玄虛的臺詞後，艾力歐特的後頸受到衝擊。

「什、麼……？」

他發出疑問的聲音，就這麼全力維持著因為意外打擊而逐漸朦朧的意識，後面的士兵應該沒有行動才對，但是……

「——不愧是孤影閣下。居然連那個勇者都沒發現，你身負的別名並非虛有其表。」

耳朵聽見的是熟悉的某個稱號。在帝國期間，軍人們偶爾會害怕地提起孤影。那個人是，沒錯，梳著灰黑色油頭的男人。鳶色的雙眸嵌在嚴厲的臉上，宛如與影子同化般毫無氣息，身為帝國最強劍士的暗殺者。

「羅、羅格．贊德克……到底是從哪裡……」

「我一**開始就在了**。雖然有注意到之後進來的士兵這點不錯，但沒想過有人潛藏在房間裡，可是與勇者不稱的失態。」

「咕……」

無法好好支撐身體，艾力歐特顫抖著跪倒在地。

聽見羅格的忠告沒多久，艾力歐特的意識便遭到泥般的黑暗吞噬。

確認對方失去意識，羅格抱起艾力歐特放到沙發上。

然後詢問赫德里珥士。

「……我不動手不是更好嗎？」

「孤影閣下比我更加可靠。不要小看勇者的力量。」

「正面接下那份力量的人憑什麼這麼說？」

羅格板著臉這麼回答。雖然他的態度很不禮貌，但因為雙方都接受彼此的說話方式，所以赫德里珥士沒有感到不舒服，靜候的士兵也沒多話。

此時，赫德里珥士突然詢問羅格。

「但是，這樣好嗎？和我們同樣成為普遍的使徒。」

「愚蠢的問題。我的劍已經交給哥德弗里德閣下了，這點你也相同吧？」

「不。」

「……什麼意思？」

「我的劍已經獻給他人了。關於這點我不會說謊。當然，也從來不曾忘記對那一位的敬佩。」

能讓赫德里珥士這麼說的人是誰，羅格彷彿能在他視線前方看到幻覺般的身影。

「……赫德里珥士閣下，有件事得告訴你。」

「說吧。」

「魔族行動了。已經吞併托里亞，正往帝國前進。」

「是嗎？果然如那一位所料。」

看見赫德里珥士嘆息，羅格拋出經常在想的疑問。

「這樣好嗎？和當初的預定有些不同吧？無論是魔族對厄斯泰勒的侵略，以及之後黎二閣下的自治州行，還有聯合勇者的奪回失敗。這些都與當初的預定不同，有著不可無視的偏差。」

「關於這些，每次都有策劃修整所以沒有問題。而且，之前打算把所有勇者都拉攏到我們這邊的計畫，好像有些變動。」

「怎麼回事？這樣一來，帝國就要在沒有勇者的狀況下迎戰魔族了哦。」

「不，不會那樣。」

「……唔，那麼讓聯合的勇者到帝國？還是按照當初預定讓這個勇者艾力歐特前往討伐魔族？」

羅格看了艾力歐特一眼，赫德里珥士搖頭。

「不，將那個責任讓勇者黎二承擔吧。」

「但是黎二閣下力量尚且不足吧？魔族大軍對他來說負擔過重。帝國因為當時的策略導致有力貴族減少，如果不是艾力歐特閣下，我認為無法取得平衡。」

「關於力量的方面無所謂，已經做好順利取勝的安排了。而且，現在勇者黎二更有名。他在厄斯泰勒打倒了一萬魔族，所以名聲比勇者艾力歐特還高。」

「但是聯合的勇者也打倒了魔族將軍？」

「聯合的勇者初美這次和魔族打成平分秋色，並且沒能抑止穆贊發生的騷動，光這樣就有損名聲。另一方面，勇者黎二在自治州繼承了古代勇者的武具，還擊退來襲的魔族將軍，如果再加上這次也擊退了進攻帝國的魔族的話……」

「黎二閣下確實會成為人盡皆知的最強勇者。」

現在，黎二身為勇者的功績快追上艾力歐特了。

雖然從實力來說有些不足，但那種事和盲信勇者的民眾沒有關係。

看著表示同意的羅格，赫德里珥士瞥了眼艾力歐特。

「重要的是民眾的信仰心。為了能夠擊退魔族擁有力量確實重要，但關於這方面只是次要。現在的聯合勇者原本實力就強，彰顯不出女神的加護效果。但是，女神也會看上穩紮穩打、逐漸嶄露頭角的勇者黎二吧。當然也要用用其他勇者就是了。」

以此為一個段落，赫德里珥士將視線移向窗外的月光。

「──勇者黎二就盡量揚名吧。成為受到女神最多恩寵、稀世絕代的勇者吧。」

廣受推崇後辛勞便會隨之而來。如果沒有相應的實力，那份榮譽就會狠狠反彈到本人身上。

羅格稍微對黎二感到同情。

尾聲II

水明等人從瑟狄鄂司聯合回到涅爾斐利亞位於小巷內的據點。

居住場所的狀態和平常一樣。水明用雪花石膏塗抹的周圍建築物外牆是舒服的純白色，毫無小巷或死路特有的陰溼，反而充滿清潔感，如果陽光得當甚至會讓人覺得是庭園。

偶然看去，會發現擺設在外頭的桌椅上，有好幾隻水明之前暫時收來當使魔的貓到處休息。有些靠在椅背上撓肚皮，有些躺成了大字型睡覺，完全呈現在外走廊晒太陽的景象。

「貓～咪！」

一看見這樣，莉莉安娜立刻丟開洋傘，甩著紫色雙馬尾撲向貓進行突擊。是因為遠行所以無法補充貓狗成分吧？這麼想的水明，同時想起莉莉安娜離開帝國前特別依依不捨的樣子。

「抱抱。」

「喵～」

莉莉安娜抓住好幾隻貓，同時貼著臉頰磨蹭。貓咪們大概是因為之前當使魔時受莉莉安娜照顧過，沒有表現出不高興的模樣。

變小的蕾菲爾對這個場面會心一笑，撿起莉莉安娜丟開的洋傘放好，抱起一隻貓開口詢問。

「話說回來，你們不回原本的地方嗎？」

「喵～」

即便戳著貓咪的臉頰，當然也不會有叫聲以外的回答。雖然知道是這樣，但心情上還是想問看看吧。

在旁摸著貓的莉莉安娜回答。

「這裡很乾淨、很舒服，所以常常過來的樣子。」

「因為貓喜歡乾淨吧。原來如此，來巡邏順便發呆嗎？」

「喵～」

莉莉安娜再度傾聽回答般響起的貓叫聲。看起來會像是在對話，是因為水明教過她與動物溝通的方法。

——之前的帝國騷動結束後，貓咪們的職責也跟著結束，水明遵從當初契約的『保證一定期間的飼料與床做為交換』，解除部分智能向上和假定契約魔術後就放了牠們。

雖然大家大多回到原本出沒的地方了，但好像有幾隻覺得這裡很舒服的貓咪，偶爾會回來露臉。

「數量這麼多，感覺晚上這裡會變成集會所。」

「說的是呢，常聽人說貓咪群聚。」

翡露梅妮雅開朗回應水明的話。因為她也喜歡貓，所以看到貓咪聚集在一起的安穩模樣就覺得療癒吧。

「對、對了，水明閣下，那個……」

翡露梅妮雅這麼說著，來回偷看貓咪和水明的臉。為什麼一副好像哪裡覺得害羞的扭扭捏捏——

「嗯？啊啊貓對吧。」

「是！」

水明察覺後接過精神百倍回答的翡露梅妮雅身上的行李。她也馬上晃著那頭長長的銀髮，飛一般跑向莉莉安娜那邊開始摸貓。

這麼和平的時間過了不久，小巷入口處傳來熟悉的聲音。

「啊、有了有了！」

是對水明而言再熟悉不過的少年嗓音。水明朝那道似乎感到安心的聲音方向看，然後發現前往瑟狄鄂司聯合的黎二等人。

守候在黎二身邊的蒂塔妮雅用恬靜的表情看過來。

「你們回來了呢。」

「正好才到。」

翡露梅妮雅抱著貓從聳肩的水明身後跑過來。然後，對蒂塔妮雅下跪行禮。

「向公主殿下致敬，祝您安好。」

「白炎閣下看起來也很有精神那就再好不過了。妳喜歡貓嗎？」

「咦？咦……是的……」

蒂塔妮雅因為翡露梅妮雅抱著貓行禮而失笑。後者紅著臉回答後，向蒂塔妮雅詢問。

「公主殿下，我記得您按照預定前往自治州撫慰民眾了？」

「嗯。去過了，今天早上剛回帝國。」

另一方面，黎二說出回來的部分理由。

「其實是因為某位貴族又說話了。」

「又是某位貴族？」

「嗯……」

就在黎二表情嚴肅地這麼回答時，水明發現平常總是早就出聲的人居然沒現身。

「是說瑞樹怎麼了？從剛才開始就完全沒反應。」

「那、那個，瑞樹她啊……」

「怎麼了？」

水明納悶詢問，然而黎二尷尬地轉開視線。就在此時——

「呵哈哈哈哈哈哈哈哈哈哈哈哈哈！」

黎二等人後方突然傳來情緒高亢的大笑。聽見那個女性尖銳笑聲，水明立刻感到頭昏腦脹。

「……………喂黎二，那個充滿不祥預感的笑聲是怎樣？」

「嗯，你發現就好，得救了……」

黎二的疲憊回答剛說完沒多久，一隻眼睛閃爍著金色光芒的瑞樹現身了。

「好久不見。與吾同樣背負著比宇宙之闇更深黑暗的闇，身為真紅暗躍者（Darkcrimson Haider）的吾之永遠的勁敵啊！」

「啊……啊～」

聽見瑞樹說出的臺詞，水明發出秒懂的聲音。黎二和蒂塔妮雅也滿臉疲憊地露出傷腦筋的表情。水明以微妙的視線看向悠然走來的瑞樹。

「……瑞樹，我說啊，那個不是停了嗎？」

「在說什麼？而且吾並非瑞樹。吾可是這個天上天下唯一的存在，九天聖王伊歐・庫查米。」

「好好好。沒有那種存在啦……」

就在水明敷衍回答時，翡露梅妮雅也露出微妙的視線。

「……水明閣下，請問這究竟是怎麼回事？我難以理解。」

「我才想問……喂黎二，這到底怎麼回事啊？」

聽見水明詢問，黎二說出自治州發生的事情。拿到勇者遺留的武器，以及魔族將軍現身，然後瑞樹就變成這樣。

「……原來如此。去拿武器的時候瑞樹才變成這樣。」

「嗯。所以，都是我的錯，因為我沒有保護好她……」

黎二的表情僵硬。因為在離開厄斯泰勒之前明言過會保護好她，所以現在才會特別煩惱吧。

「欸，不用在意啦。」

「但是……」

「說要跟你去的瑞樹也得負起責任。而且，現在鑽牛角尖也於事無補吧。反正事情已經變成這樣了說那些又沒用。再說啦，突然變成這樣的話，也有可能突然變回原樣吧？」

大概是水明說得很輕鬆，黎二的臉重新爽朗起來。

「說得也是。」

「不過真沒想到會變成這樣……」

「……說得也是。」

黎二看瑞樹看到一半表情複雜。他應該是想說怎麼偏偏是變成這樣，就算不變成這樣也沒關係吧。關於這點大家都持同樣意見。先不提這個。

「——算了，先進去吧。雖然我們也剛回來沒辦法招待就是了。」

「不用客氣，我們也是來交換情報的。」

瑞樹也以伊歐．庫查米的自傲態度接在蒂塔妮雅之後說。

「呼姆，那麼就到你這傢伙的城堡去吧。」

「瑞樹，妳等一下。」

「吾是伊歐．庫查米。」

「好好我知道了伊歐．庫查米小姐。梅妮雅，帶蕾菲她們和黎二他們進去。」

拜託翡露梅妮雅並目送其他人走進據點後，水明轉向伊歐．庫查米。

「好了……所以？妳應該不是認真在裝吧？」

「你這傢伙還不相信嗎？」

「我要確認，確認。過來一下。」

「拒絕。」

「我拒絕妳的拒絕。話說我過去比較快吧，頭借我。」

就在水明擺出挑釁的態度走過去後，伊歐．庫查米露出玩弄般的笑容。

「吾可是拒絕了哦？」

「聽不見。」

水明不採納伊歐．庫查米的話，將手伸向她的頭。雖然初美當時是因為喪失記憶才沒出手，但多重人格若是給予刺激就有恢復的可能性。因此，就算懷有罪惡感水明也準備施展魔術——就在此時。

「你這傢伙又要像之前那樣，擺弄這個女孩的腦袋嗎？」

「——!?」

看見伊歐．庫查米知情的笑容，水明飛快後退。看見他驚訝的表情，伊歐．庫查米臉上蒙上陰影。

「怎麼？需要那麼吃驚？」

「……妳是**什麼**？為什麼知道那件事？」

水明表情嚴肅地發出詢問。那是只有自己知道的祕密，為什麼突然出現的另一個人格會曉得？水明腦中懷疑與疑問交錯。

另一方面，伊歐．庫查米露出從容的笑。

「表情真恐怖。但是，吾說得沒錯吧？那是你們這些傢伙來這裡之前的事情。

對，這個女孩喜歡你這傢伙。但是，你這傢伙踐踏了這個女孩的好意。你這傢伙用力量將這個女孩釋出的好意掉包到其他傢伙身上。」

「……是啊沒錯。」

沒錯。這個自稱伊歐・庫查米的什麼東西說得沒錯。

雖然瑞樹當初真的在意黎二，但當水明幫助她接近黎二時，她好像對自己產生好感並告白了。

就像伊歐・庫查米說的，水明用魔術將告白對象掉包成別人。

看見水明詢問的視線，伊歐・庫查米開口。

「沒什麼。只不過是**附身這個女孩之際**，稍微窺視了記憶而已。當然也就看見你這傢伙封印的記憶。」

聽見這句話，水明多少理解伊歐・庫查米是什麼了。

「回答我。你是什麼？什麼的精靈？」

「不用那麼生氣。吾並不打算作惡。吾之所以借用這個女孩的身體，是因為我們利害一致——再者，你這傢伙能把吾怎麼樣？」

「別看不起現代魔術師。我們可以用古今東西各種魔術驅除像你這種東西哦？」

「算了吧算了吧。就算可能確實做得到，但給予這個女孩的負擔也相當沉重。說不定會壞掉哦？」

「…………」

關於這點無法否定。如果附體瑞樹的是巨大存在，強行驅除確實會對她造成很大負擔，無法判斷對方是否在說謊。

水明瞪著伊歐・庫查米。

「不用露出那麼恐怖的表情。怎麼，別擔心。吾沒打算讓這個女孩為非作歹，也不打算讓她痛苦。」

「真的？」

「吾不說謊。」

確實沒錯吧。精靈基本上不說謊。雖然會不說真話欺騙對方，但如果不是會作惡的類型，說要保證瑞樹的安全就不會是謊言吧。

伊歐・庫查米用不可思議的表情看著放棄強制驅除自己的水明。

「很重視這個女孩呢，既然如此為何要疏遠她？」

「閉嘴。我是魔術師，瑞樹是普通人，怎麼能讓她過來這邊。」

聽見這個答案，伊歐・庫查米回了句「是嗎」，然後再度露出嘲笑般的笑容。

「還有，這件事別告訴其他傢伙哦？這是吾與你這傢伙之間的祕密。」

這麼說著，附身瑞樹的『什麼』，使用她的身體笑了。

後記

各位，久疏問候。我是樋辻臥命。

這次的故事是瑟狄鄂司聯合完結篇。

水明等人在聯合的戰鬥姑且告一段落，然後強敵也陸續出現。

包圍著水明同學的環境會越來越嚴苛呢，加油吧水明同學！

不管怎麼說這集的重點還是與因祿的戰鬥吧，是久違的熱血戰鬥！

然後然後還有一個重點！這集和之前不同，大幅描寫了黎二同學的故事。

終於寫到了！黎二同學活躍的地方！還有瑞樹同樣活躍的地方（笑）

接下來，黎二同學變強的過程，以及瑞樹和伊歐·庫查米的笑點成分可能會逐漸增加！

如果各位接下來不只期待水明同學，也能期待他們的活躍的話是我的榮幸。

感謝各位讓第六集順利出版，責編S大人、插畫家 himesuz 老師、設計師堀江ヒデアキ先生、校對公司鷗來堂，真的非常感謝。

樋辻臥命

國家圖書館出版品預行編目資料

異世界魔法實在太落後(06) /
樋辻臥命作 ; AKI譯. -- 初版. --
臺北市 : 尖端, 2019.02　面 ;　公分
譯自 : 異世界魔法は遅れてる!6
ISBN 978-957-10-8464-0(平裝)

861.57　　107012082

浮文字

異世界魔法實在太落後！6

（原名：異世界魔法は遅れてる！6）

著者／樋辻臥命　封面插畫／himesuz　譯者／AKI
發行人／黃鎮隆　副總經理／陳君平
總編輯／洪琇菁　國際版權／黃令歡、李子琪
執行編輯／楊國治　美術編輯／方品舒
企劃宣傳／邱小祐、劉宜蓉
出版／城邦文化事業股份有限公司　尖端出版
台北市中山區民生東路二段一四一號十樓
電話：（〇二）二五〇〇—七六〇〇
傳真：（〇二）二五〇〇—二六八三
E-mail：7novels@mail2.spp.com.tw
發行／英屬蓋曼群島商家庭傳媒股份有限公司城邦分公司　尖端出版
台北市中山區民生東路二段一四一號十樓
電話：（〇二）二五〇〇—七六〇〇（代表號）
傳真：（〇二）二五〇〇—一九七九
北區經銷／祥友圖書有限公司
電話：（〇五）八五一一—三八五一
傳真：（〇二）八五一一—四二五五
中彰投以北經銷／楨彥有限公司（含宜花東）
電話：（〇二）八九一九—三三六九
傳真：（〇二）八九一四—五五二四
雲嘉經銷／智豐圖書有限公司　嘉義公司
電話：（〇五）二三三—三八五二
傳真：（〇二）二三三—三八六三
客服專線：〇八〇〇—〇二八—〇二八
南部經銷／智豐圖書有限公司　高雄公司
電話：（〇七）三七三—〇〇七九
傳真：（〇七）三七三—〇〇八七
一代匯集／香港九龍旺角塘尾道六十四號龍駒企業大廈十樓B&D室
電話：（八五二）二七八三—八一〇二
傳真：（八五二）二五八二—一五二九
E-mail：hkcite@biznetvigator.com
新馬經銷／城邦（馬新）出版集團Cite（M）Sdn. Bhd.
E-mail：cite@cite.com.my
法律顧問／王子文律師　元禾法律事務所
台北市羅斯福路三段三十七號十五樓
二〇一九年二月一版一刷

郵購注意事項：
1.填妥劃撥單資料：帳號：50003021戶名：英屬蓋曼群島商家庭傳媒(股)公司城邦分公司。2.通信欄內註明訂購書名與冊數。3.劃撥金額低於500元，請加附掛號郵資50元。如劃撥日起 10～14日，仍未收到書時，請洽劃撥組。劃撥專線TEL：(03)312-4212 ・ FAX：(03)322-4621。E-mail：marketing@spp.com.tw